集英社オレンジ文庫

威風堂々悪女 4

白洲　梓

本書は書き下ろしです。

威風堂々悪女4

もくじ

威風堂々悪女 4

一章

　大きく張った真白い布地の向こうから、燭台(しょくだい)の炎を照らす。浮かび上がったのは小さな人影だった。

　司(し)家の屋敷の一室は、いまや小さな劇場だ。この家の長男である十歳の司飛蓮(ひれん)は、お手製の紙人形を操りながら弟の様子を窺(うかが)った。双子の弟の飛龍(ひりゅう)は広げられた布の前にちょこんと座り、わくわくとした様子でその影絵を眺めている。

「ある小さな村に、仲のよい兄弟がおりました。兄は力持ち、弟はとても頭がよく、二人がいればなんだってできました」

　兄と弟の人形を、飛蓮は頭上で動かす。

「二人は大人になって、自分たちの家を建てることにしました。住みよい場所を探して旅に出ると、乗っていた舟が嵐に遭(あ)ってしまいます。二人は別々の場所に流されてしまいました。兄は必死に弟を探しましたが……」

弟を探す兄は、あらゆる山河を彷徨い歩くうちいつの間にか人の姿を失い、獣になってしまう。飛蓮はくるりと紙人形を入れ替えて、虎とも牛とも分からない獣の姿に変身させた。一方弟は、流れ着いた先で美しい姫と出会い結婚し、幸せに暮らすが生き別れた兄のことをずっと気にかけていた、と話を進める。

「兄は人々から恐れられ、山に籠ってしまいました。やがて人々の間で、その山には恐ろしい獣がいて人を襲うと噂になりました。弟は弓を持ってこの獣を退治しに行きます。獣を見つけた弟は矢を放ちました」

「あー！　だめだよ！」

飛龍がじたばたとしながら声を上げた。自分が作った物語にすっかり夢中になっている様子に満足して、飛蓮は続ける。

「弟は倒れた獣に近づくと、その獣が涙を流しながら歌を歌っていることに気がつきました」

声変わり前の高い声で、飛蓮は歌を口ずさむ。

「それは昔、よく兄と一緒に歌った歌でした。弟は尋ねます。『お前、どうしてその歌を知っているんだ？　まるで兄さんの声のようだ』。すると獣は――」

突然、外から悲鳴が響いた。

飛蓮は訝（いぶか）しく思い、動きを止めた。続いて、どたどたと慌（あわ）ただしい足音。

「なんだろう」

飛龍も不安そうに兄の顔を見る。

二人は扉をそっと開けて、外の様子を窺った。春の夜の少し冷たい風が部屋に流れ込んでくる。

闇（やみ）の中で、中庭に松明（たいまつ）を持った人が集まっているのがわかる。そしてそのほとんどが槍（やり）を手にした兵士だと気づき、飛蓮は息を呑んだ。

母屋（おもや）から、兵士に腕を摑（つか）まれ押し出されるようにして父が出てくるのが見えた。槍の柄で膝裏（ひざうら）をしたたかに打たれた父は、海棠（かいどう）の木の下に膝をつく。幼い頃から慣れ親しんだその木にはちょうど薄紅（うすべに）の花が咲き誇り、炎を映して赤く風に揺れている。

誰かが父に向かって高圧的に声を張り上げた。

「——司胤闕（いんけつ）、他国と通じ謀反（むほん）を企（たくら）んだこと、すでに明白である！」

引っ立てよ、という号令に父はなすすべもなく連れ去られていく。母が呆然（ぼうぜん）とした様子でその場に崩れ落ち、使用人たちが慌てふためく。

「……謀反？　何言ってるの？」

飛龍が呟（つぶや）く。

風が燭台の炎を掻き消し、ただ静かで不穏な空気を孕んだ夜の子ども部屋だけが残る。

飛蓮は弟の手をぎゅっと握った。

首筋を流れてくる汗を拭い、司飛蓮は鍬を振り下ろした。硬いものに当たった気がしてしゃがみ込む。大きな石がごろりと出てきて、両手で掴んで放り出す。そうしてまた鍬を振り土を耕した。

少しでも畑を広げようと、家の裏手にある山の荒れた斜面にこうして鍬を入れたが、遅々として進まない。他に彼を手伝う者はなかった。昨夜、弟には手伝えと言っておいたけれど、朝になったらその姿はなかった。

肩で息をしながら飛蓮は両手をじっと見下ろした。土にまみれた血豆だらけの手だ。かつてその手で持つものといえば、筆と箸、それに紙の人形くらいだった。それが数年でこの有様だ。

七年前、朝廷の高官であった父は謀反の罪により流刑が言い渡された。本来であれば九族皆殺しになってもおかしくないところ、建国当初から国に仕えた司家の功績や周囲の取り成しによって減刑された結果ではあったものの、父は流刑地で病にかかりこの世を去った。一族は財産を没収され庶民に落とされ、結果、十七歳になった飛蓮はこうして小さな村の片隅で畑を耕している。

（そろそろ科挙の時期だ……）

ぼんやりと考える。幼い頃から学問に秀でていた飛蓮は、いつか父と同じように朝廷で働くことを夢見ていた。名門である司家の嫡男であればそれは当然のことだった。こんな暮らしの中でも、僅かに持ち出した父の書物を穴が開くほどに読み込んだ。それでも、この程度では科挙に合格できるはずもない。圧倒的に学ぶ内容も時間も足りていないのだ。自らの手で耕さなくては食べていけない。毎日考えるのは金のことと、どうやって飢えを凌ぐかばかりだった。

日が暮れ始めた頃、崩れかけた家に戻った。村の外れ、ほとんど人の近づかないあばら家のようなそこが、飛蓮とその弟、そして母の今の住み家だ。罪人の家族として疎まれ、僅かな伝手を頼って各地を転々とし、数年前ようやくここ田州武県へ落ち着いた。瑞燕国の北に位置する田州は冬は雪深く、北方の異民族が略奪目的で攻め込んでくる。都から遠ざかるしかなかった分、生活は一層厳しかった。

戸を開けようとして、中に人の気配があるのに気づいた。漏れてくる声が母のものであるとわかる。飛蓮は足元に目を向け、そのまま家を離れた。母は一人ではない。また男を連れ込んだらしい。

ちょうど、林の向こうからこちらに手を振る者があった。このあたりでは豪商として知られる曲家の一人息子、律真だ。

「飛蓮！」

ただ一人の友人といって間違いない彼の姿に、飛蓮はほっとして笑みを浮かべた。

「どうしたんだ」

「いいものを持ってきた」

そう言って律真は手にした包みを持ち上げてみせる。

「叔父が送ってくれたんだけど、俺には宝の持ち腐れだから」

受け取った飛蓮は包みを開く。出てきたのは様々な学問書だった。

「これ……」

「母さんは俺に役人になってほしいみたいだけど、俺はこういうの苦手だからさ。飛蓮のほうがよほど賢いし、使ってくれ」

「いいのか？」

「うん。……その代わり、お前に頼みがある」

ぱん、と両手を合わせて拝むように飛蓮を見上げる。

「その……会いたい人がいるんだ」

「……うん？」

「この間、脚を怪我して困っている娘がいて、その、うちが近かったから運んだんだけど……」

思い出しているのか、頬を染めている。

「すごく綺麗で……。彼女を家まで送ったんだよ。そしたら……県令の郭様のお嬢様だったんだ」

「それで？」

「郭様はうちの店の客の一人なんだ。それでこの間、品を納めに行く父さんについていったら、帰り際に彼女がこっそり声をかけてくれたんだ。彼女も、また会いたいと思ってたって……」

微笑ましい惚気話だった。

「でも、そんな機会はそう多くもないし、言葉を交わすのもほんの僅かな時間しかない。それで……お前に手を貸してほしい」

「俺にどうしろと？」

「二人きりでゆっくり会えるように、なんとか彼女を連れ出してほしいんだ。俺と会うと知れたら親に叱られてしまうだろうし、二度と会えなくなるかもしれない。だから、間に入ってくれないか」

　なかなか難しい要求だった。それでも、律真のためならなんとかしてやらなければならない、と思う。

「……わかった。方法を考えてみる」

「ああ、さすが飛蓮！　頼れるなぁ！　――あ、それからさ、明日うちの店で人手が必要なんだ。飛龍も連れて手伝いに来れないか？」

「ああ、わかった」

「ありがとう、助かるよ」

　律真はことあるごとに、こうした仕事の機会を提供してくれた。仕事を恵んでもらっている、と思うと気持ちは卑屈になったが、それでも律真は飛蓮がそうして引け目を感じないようにと、あくまで友人に手伝いを頼むという態度を崩さず、報酬は律真のいないところで番頭から渡すようにしてくれた。

　そういえば、と律真は思い出したように言った。

「飛龍といえば、さっき町で噂話を聞いたぞ」

「飛龍の？」

「流杏楼の二人の妓女が、飛龍を巡って刃傷沙汰を起こしたらしい。どちらも相当入れ込んでいて、随分貢いだとか」

飛蓮は暗い表情を浮かべた。

「この間はほら、羅家の後家さんのところに入り浸ってるって話だったし……あいつ、帰ってきてるのか？」

「……たまに」

「そのうち刺されるんじゃないかと心配だよ」

「うん……」

「いや、あいつのことも心配だけど、どっちかっていうと間違ってお前が刺されるんじゃないかって心配だ」

「あり得るな」

飛蓮は苦笑した。飛蓮と飛龍は、本当によく似た双子だ。見慣れた律真なら見分けてもくれるが、たいていの者はどちらがどちらかなどわからない。

「──俺の悪口？」

「うわっ……」

いつの間にか飛龍が後ろに立っていたので、二人は驚いて声を上げた。飛龍はどこか小馬鹿にしたような笑みを浮かべている。

「飛龍、どこに行ってたんだ。今日は畑を手伝えって言っただろ」

何も言わず飛龍が行ってしまおうとするので、飛蓮は慌てて律真に別れを告げた。

「律真ごめん、明日必ず行くから」

「ああ、よろしくな」

「待てよ、飛龍！」

気にせずさっさと歩いていく飛龍に追いついて、肩を掴む。

「おい！」

「あいつ何しに来たの」

「何って……」

飛蓮が持っている包みに気がつくと、飛龍は不愉快そうな表情を浮かべた。

「施しなんか受けるなよ」

「お前、なんてこと言うんだ！　せっかく律真が俺のために——」

その時、弟から白粉の匂いが流れてきて、飛蓮は顔をしかめた。

「何？」

「……また女と遊んでたのか」

するとと飛龍はくすりと笑った。

「勝手だろ」

「いい加減にしろ、お前は司家の男なんだぞ！　父上は汚名を着せられた上に、お前のせいで名誉まで失う！」

「俺が何をやってるって？」

「だから――」

「俺は飛蓮と違って施しを受けたりしてない。報酬を受け取ってるだけだ」

「女に貢がせてるだけだろ！」

「女たちは俺と遊んで楽しいから、その見返りを払うだけだ。俺は脅してもいないし、物乞いしているわけでもない」

「飛龍！」

「お前も同じ顔なんだから試してみるか？　二人ならもっと稼げる」

飛蓮はかっとして弟の胸倉を摑んだ。しかし飛龍は涼しい顔で眉ひとつ動かさない。

（いつからこんなふうになったんだろう――）

昔は仲のよい兄弟だった。あの影絵芝居の冒頭で語った兄弟のように。二人で司家を支えていくのだと思っていたし、飛龍と一緒ならなんだってできると思っていた。

表情をくるくる変えて、飛蓮の芝居を楽しそうに見ていた弟は、父を失ってから変わってしまったのだ。成長するにつれ、自分の容姿を使って女たちを誑かすことを覚えた。

(でもきっとそれは、あの女のせいだ)

飛蓮は歯嚙みしながら手を放した。そのまま家に戻ろうとする飛龍を止める。

「だめだ」

「なんで」

「………」

「ああ、また誰か連れ込んでるの、あの女」

皮肉っぽく飛蓮が笑う。弟がこんなふうになってしまったのは母親の影響だ、と飛蓮は思っていた。

ちょうど戸が開き、男が出てくるのが見えた。飛蓮は慌てて弟の腕を引いて、傍にある小屋の陰に身を隠す。去っていく男の様子を窺うと、飛蓮は見覚えのあるその顔にぎくりとした。

(あれは……曲さん……)

律真の父親だ。

苦いものが口の中に広がっていく。明日、律真にどんな顔をして会えばいいだろう。

「――飛蓮のせいじゃないんだから、気にしなくていいだろ」

心を読んだように飛龍がぽつりと言った。

「え……」

それだけ言って、飛龍は家に入っていく。飛蓮も躊躇(ためら)いながら後に続いた。

粗末な寝台の上で、彼らの母親はこちらに背を向けて髪を梳(くしけず)っていた。息子たちに気づいて少しだけ顔をこちらに向けるが、すぐにまた鏡に向かう。かつて都一の美女と謳(うた)われた母は、年齢を重ねた今でも十分に美しい容貌を保っていた。

双子の顔はこの母によく似ている。だから飛蓮は、そんな自分の顔が嫌いだった。

律真がくれた書物を手に取る。官吏(かんり)になれば、道は開けるはずだった。そしていつか父の汚名をそそぎ、司家を再興するのだ。

(でも――)

先の見えない不安に、飛蓮は肩を落とす。

(こんなことが、いつまで続くんだろう)

「飛龍、明日律真の店の手伝いに行く。お前も来い」

「……あいつの店？　やだよ」

「いいから、行くんだ」

「あいつの母親、嫌い」

おかしなことを言う、と飛蓮は首を傾げた。

「律真の母親？」

たまに店の手伝いで訪れた際、何度か会ったことがある。律真によれば、商売に関する金勘定はすべて母親が取り仕切っているということで、その冷たく居丈高な様子は使用人たちから恐れられているようだった。顔を合わせても、その他の使用人と同じようにほとんどそこにいない者のように扱われた記憶しかない。

飛蓮が罪人の息子だと、どこで暮らしてもいつの間にか知られてしまうものだった。だから周囲からはよそよそしく、もしくは侮蔑の目で迎えられるのが常だ。そんな扱いにはもう慣れている。

「何か言われたのか？」

「飛蓮を見る目が気に食わない」

「はあ？」

「行くなよ」

止めるように強く腕を握られる。飛蓮は困惑した。口調こそ静かだが、飛龍がひどく不機嫌だとわかった。

「行くと約束したんだ」

弟の手を振りほどく。

飛龍は何も言わなくなり、そのままごろりと横になった。


律真の家はいつも人で賑わっている。多くの使用人とともに都から届いた大量の品を降ろし、倉へと運び込みながら、飛蓮は弟のことを考えていた。

結局今日も、飛龍は従わず家を出ていった。今頃また、女と遊んでいるのだろうか。

「飛蓮！　ありがとう、助かる」

一緒になって荷運びをする律真が明るく笑う。

「なぁ、仕事が終わったら俺の部屋に来いよ」

「ああ、わかった」

律真を見ると罪悪感が募った。彼の父親が、飛蓮の母のもとへ通っていると知らないのだろう。

（知られたくない……）

軽蔑されたくなかった。律真は、罪人の子である飛蓮のことを決して差別しなかったし、いつだってこうして気にかけてくれた。自分はそんな彼に何も返せていない。

（せめて好きな女のことくらい、手助けしてやろう）

言われた通り、手伝いを終えた飛蓮は律真の部屋へと向かった。店とは違って私的な空間である住居部分に入るための門を潜る。さすがに近隣では随一の豪商だけあって、立派な屋敷だ。

開けた中庭の軒先には籠が吊るされており、美しい羽を持つ鳥が飼われていた。見上げるようにその傍にいたのは律真の母である京で、飛蓮は少し居住まいを正した。

こちらに気づいた京は、眉を寄せる。全体的に小柄で、丸顔に神経質そうな面持ちは息子のおおらかな雰囲気とは似ていない。

「……奥様」

後ろめたくて、彼女の顔を見るのも苦痛だった。

「そこで何をしているの」

「律真に呼ばれて……失礼します」

頭を下げ、足早に通り過ぎようとする。

「待ちなさい」

びくりとして、飛蓮は足を止める。

「この鳥籠を下ろしてちょうだい」

「……え」

「餌をやりたいの。早くして」

苛立ったように言われ、飛蓮は少し躊躇いつつも軒下の籠に手を伸ばした。下男にさせるようなことを命じられ、本来の身分であったならありえない、と心の奥底で屈辱感が燻ったが、飲み込んだ。

京にじっと見られている気がして、冷や汗が出る。

(もしかして、知っているんだろうか……)

夫の浮気を疑い、探りを入れるつもりなのかもしれない。

「……どうぞ」

籠を差し出すと、京は手に持っていた匙で餌を中へと差し入れる。

「あなたの弟の噂を、よく聞くわね」

「……あ」

「うちの律真に、おかしなことを教えられては困るわ」

「いえ、あの……」

「飛蓮！」

律真が部屋から現れる。

「あ、母さん……」

京はさっと顔を背けると、「籠を戻しておいて」とだけ言い残して母屋へと入っていった。

「母さんと何話してたんだ？」

「いや……鳥に餌をやりたいというから」

「あれ？　さっきも餌をやってたのに」

「え？」

「ああ、もう中に入ろうぜ。お前が来ると女中たちがそわそわするんだよな」

振り返ると、門や家屋の陰からいくつか顔が覗（のぞ）いている。

「お前に彼女との仲立ちを頼むとは言ったが、お前を見たら彼女が心変わりするんじゃないかと心配だ……」

「顔で選ぶ女だったら、さっさとやめたほうがいい」

そう言って笑いながら、飛蓮はふと気づいた。先ほど京は弟のことを話題に上げたが、自分が飛龍ではなく飛蓮であるとよく見分けられたものだ。

律真の家を出たのは日暮れ前だった。門を出ると、向かいの塀（へい）に背中を預けるように飛龍が立っていたので、飛蓮は驚いた。

「何してるんだ」

「来いって言ったのはそっちだろ」

「今更来てどうする。もう全部終わった」

飛蓮は弟の衣(ころも)に手を伸ばした。

「何？」

「まったく、だらしのない……」

だらりと開いた襟(えり)をきっちりと合わせ、適当に締められた帯を結び直してやる。

「身なりくらいきちんとしろ。お前は司家の男なんだぞ。着ている衣が絹だろうが木綿(もめん)だろうが、恥ずかしい恰好(かっこう)をするな」

すると飛龍は、ふっと笑みを浮かべた。

「おい、ちゃんと聞いてるのか？」

「……飛蓮に直してほしくてさ」

飛蓮は眉を寄せた。

「何言ってるんだ」

「帰るんだろ？　行こう」

「……ああ」

前を行く弟の背中を眺めながら、本当に何をしに来たのか、と首を傾げた。


水車小屋の傍に佇(たたず)んでいる律真の姿が見えて飛蓮は手を振った。

「律真！」

律真は顔を上げ、そして飛蓮の後ろを歩いている娘の姿に喜色を浮かべた。

「藤清(とうせい)！──ありがとう飛蓮。大丈夫だったか？」

「問題ない。当分、女中が不在を誤魔化してくれるから心配するな」

すると娘──郭藤清はくすくす笑った。

「最初は渋っていたのに、飛蓮さんが手を握ってじっと見つめた途端、あの子ったら二つ返事で承知して私を屋敷から出す手引きをしてくれたのよ」

そう言われて飛蓮は気まずそうに目を逸(そ)らした。弟の真似事をしてみただけだが、こんなふうに役立つとは思わなかった。

藤清が律真の傍に行ってほっとする。ここへ来るまで妙に馴れ馴れしく腕を絡(から)めてきて、正直なところ不愉快だった。

「じゃあ律真、俺は帰るから。戻る時は裏の通用門に行け、そこで女中が待ってる」

「わかった。——ああ、飛蓮」

去ろうとした飛蓮に駆け寄ってくる。

「そういえば、父さんがお前に頼みたい仕事があると言っていたんだ」

「俺に？」

「俺が、お前は字も読めるし頭がいいって話をしたらさ、じゃあ声をかけとけって。どうだ？」

飛蓮は戸惑った。未だに、誰かの使用人のように働くことには抵抗がある。しかし、母や飛龍の姿を思い出し、唇を噛んだ。

（それでも、あんなふうに稼ぐよりは——）

「ああ……ありがとう」

「詳しいことは父さんに聞いてくれよ。いつでも訪ねてきていいって言ってたから」

「わかった、帰りに寄ってみる。……じゃあな」

「ああ」

去り際、嬉しそうに藤清と見つめ合う律真の様子に、飛蓮はほっとした。

（きっと、曲さんが俺に声をかけろと言ったのは、あの女とのことがあるからだ……）

愛人の息子を厚遇してやろうということだろう。もしかしたら、母が要求したのかもしれなかった。そう考えると、少し二の足を踏む思いがする。それでも、律真が紹介したという体なのだから、無視するわけにもいかない。

帰り道の途中で律真の家を訪ねると、下男が出てきたので要件を伝えた。部屋へ通されると、京が一人で文机に向かい何か書き物をしている。

「あの……旦那様は」

「あの人は出かけてるわ」

（うちにいるのかもしれない……）

そう考えて俯いた。

「そうですか。では、改めて出直します」

「──待ちなさい」

飛蓮はびくりとした。

「律真に聞いたけれど、仕事を探してるんでしょ」

「……は、はい」

「字が書けるのよね？」

「はい」

「ちょうどいいわ。ここにある本を書き写して。借りたものだから、写本を作りたいのよ」

「え……」

躊躇う飛蓮に、京は眉を顰めた。

「不満なの？」

「あ、いえ……わかりました」

京は席を立つと、飛蓮にここへ座れと促す。仕方なく、言われるがままに筆を取った。

（これは……順帝時代の詩歌か。こんな辺境では滅多に目にできるものではないな……）

かつての自分の身分と立場であれば、いくらでも欲しい書物を手にすることができた。

それを恨まない日はない。しかしそう考えるだけ虚しくなる。

（いい機会を得たと考えよう……）

できるだけ内容を覚えて帰ろうと、真剣に書き写していく。

どれほどそうしていたのか、少し疲れて顔を上げると京がじっとこちらを見ているのに気づいた。妙にねっとりと絡みつくようなその視線に薄気味悪さを感じる。飛蓮が目を逸らしても、変わらずこちらに視線を注いでいるのがわかった。

（やっぱり、本当はあのことを知っているのかも……それで息子の俺をいびろうと……）

動揺してはいけない、と思うものの、思わず筆を持つ手が震えた。

「……どうかした？」

「い、いえ、別に」

「寒いかしら」

「そんなことは……」

　すると京はそっと歩み寄り、飛蓮の傍らに腰を下ろした。妙に距離が近く肩が触れたので、飛蓮はそれとなく身を引いた。しかし離れるとじりじりとまた距離を詰められる。

（なんだ……？）

　気味が悪くなり、飛蓮は筆を置く。

「あの奥様、すみませんが母が待っているので、今日はこれで……残りはまた明日にでも」

　立ち上がろうとすると、腕を掴まれた。

「待ちなさい。……とりあえずこれは、今日の手間賃よ」

　嵌めていた指輪を飛蓮に差し出す。いくらなんでも度を越した報酬に、飛蓮は驚いた。

「いえ、ですがこれは……」

「いいから」

　そう言って京は指輪を手に握らせる。その手がいつまでも離れないので、飛蓮は訝しんだ。

「……あの？」

「生活に困っていると聞いたわ。苦労しているんですってね」

京はひたりと飛蓮に身を寄せてくる。むっと白粉の匂いがして、飛蓮は嫌悪感に眉を寄せる。

「この時間、いつも夫はいないのよ」

柔らかな手が太ももを這った。その途端、ぞっとした飛蓮は目の前の女を思い切り突き飛ばした。無言で扉へ向かう飛蓮に、京が「ちょっと！」と声を上げる。

飛蓮は侮蔑の色を浮かべて肩越しにその破廉恥な女を睨みつけた。怯むように京は青ざめる。

勢いよく扉を開け放ち、飛蓮は駆けだした。屋敷を出て通りを抜け、市場の人ごみの中に入り込む。

（女なんて汚らわしい――どいつもこいつも同じだ、あの女と同じ――）

「――飛蓮？」

女と歩いていた飛龍がこちらに気づき、驚いたように兄の腕を引いた。

「どうした？」

「お前のせいで！」

飛蓮は思わず言った。

「お前が恥知らずな真似をしてるせいで……！」

「飛蓮？」

「俺は司家の長男だ、亡き父上にすべてを託された！　どんなに苦しくたって誇りまではなくさない、お前と違ってな！」

目の前にあるのは自分と同じ顔だった。

「こんな顔、大嫌いだ……」

「飛蓮、どうしたんだ」

「放せ」

「落ち着けよ」

「――お前を見るといらいらするんだよ！」

飛龍が目を見開き、ぱっと手を放した。そのまま飛蓮は駆けだした。


夜になって家に戻ると、母と飛龍の姿はなかった。

飛龍と顔を合わせるのは気まずかったので、少し安心する。今日は帰らないのかもしれない。しかし、女のところにいるのだと思うとまた苛立ちが募った。昼間の屈辱が思い起こされて、体が震える。

「——くそっ」

手近にあった籠を壁に向かって投げつける。からからと虚しい音だけが響いた。

ふと、違和感を抱いた。薄暗い家の中は、何故だか妙にがらんとして見える。そもそも大した家財もないが、それでも何かが寒々しい。母も弟もいないから、と思ってみても、それだけではない気がした。

(なんだろう……)

そう思って違和感の正体を探ろうとよく見渡してみると、母の鏡や櫛が無いことに気づいた。他にも、いくつかの物が消えている。母の数少ない衣に、男たちに貢がせた宝飾品。不安になり、飛蓮は金を保管していた木箱を引っ張り出した。慌てて蓋を開けると中身は空だった。その意味するところに、飛蓮は眩暈がする。

(逃げた——?)

いつかこんな日が来るのではないかと思っていた。それでも、あの人は一人で生きるには弱すぎるから、結局はどこにも行けないとも思っていた。

(一人で……いや、誰かと……?)

想像したのは最悪の出来事だった。

飛蓮はいてもたってもいられなくなり、急いで律真の家に向かった。律真の父親がそこにいれば、それでいい。

（もし、いなかったら――）

店はとっくに閉まっている。しかし、塀の向こうから騒がしい声が聞こえてきたので飛蓮は訝しんだ。様子を窺っていると、突然甲高い声が響いた。

「いました、あの男です！」

振り返ると京が飛蓮を指さしている姿が見えた。その傍らには兵士が数名控えている。

事情が呑み込めず飛蓮は眉を寄せた。

「あれが飛蓮です！　すぐに捕まえて！」

わっと兵士が飛びかかってきた。地面に引き倒され、痛みに顔を歪める。飛蓮は訳がわからず、必死にもがいた。見上げると、京の背後から藤清の顔が覗いていた。

「兄上を殺したのは、確かにこの男ですか？」

兵士に尋ねられ、藤清は青い顔で頷いた。

「そ、そうです」

それはどういうことかと飛蓮は愕然とした。

「この男が、私を水車小屋へ引きずり込んだんです！　そして……そして助けに来た兄を突き飛ばして……あ、兄は岩に、頭をぶつけて……」

藤清は震える声で訴えた。

「私がこの男に攫われるのを、うちの女中も見ています！　確かめてください！」

何故藤清がこんな嘘をつくのかわからなかった。

「何故そんなことを……私には、いったい何のことか……」

すると飛蓮の言葉を遮るように、京が金切り声を上げた。

「早く連れていって！　人殺しなのよ！」

その声にぞっとした。京は憎悪と愉悦の色を湛えた目で飛蓮を見下ろしている。

飛蓮は後ろ手に縄を打たれると無理やりに立たされた。いつの間にか飛蓮を取り囲むように、人々が捕り物を見物しようと集まっている。

その奥に、見慣れた律真の顔があるのに気づいた。いつになく不安そうで強張った表情に、飛蓮は思わず叫んだ。

「――律真！」

ぎくりとしたように律真が肩を震わせる。

「何があったんだ！　これはどういうことだ⁉」

しかし律真は顔を背け、何も言わない。

「律真！　律真！」

叫びも虚しく、飛蓮はそのまま役所へ連行され、牢に押し込められた。

「違う、俺は何もやっていない！　話を聞いてくれ！」

「うるさい！」

牢番がどんと牢を叩いた。

（藤清の兄が死んだ……？　それで俺が殺したと？　会ったこともない！　それに、俺が藤清を攫っただと……何を言ってるんだ）

「なんでだ……どうなってる……」

飛蓮は混乱する思考のまま落ち着かず、ぐるぐると牢の中を歩き回った。

人垣の向こうにいた律真の姿を思い出す。何も言わず、こちらに背を向けた。飛蓮が捕まったと知っているのに、見て見ぬふりをした。

壁に背を預け、ずるずると座り込んだ。

どれくらい経ったのか、声が聞こえて飛蓮は顔を上げた。

見張りの兵に、一人の女が重そうな巾着を渡しているのが見えた。兵士たちが獄舎から出ていき、女が飛蓮の牢の前で立ち止まる。

京だった。

「……奥様？」

声が震えた。

「……私をいつも笑っていたの？」

「え？」

「旦那様がお前の母親と通じているのも知らず……呑気に暮らしていた私を、あざ笑っていたんでしょう」

低く絞り出すように言って、格子越しに何かを飛蓮に向かって投げつける。くしゃくしゃの紙だった。床に落ちたそれを拾い上げる。

「これは……？」

飛蓮は紙を広げる。離縁状、と書かれていた。

「旦那様の部屋に置いてあったわ。……今日、お前の母親とあの人が、一緒に町を出ていくのを見た者がいるのよ」

ぎくりとして、飛蓮は息を呑んだ。

「あの女は、どこなの」

格子に両手をかけ、京が喚いた。

「あの人を誑かしたお前の母親はどこなのよ！　言いなさいよ！　店の金も権利証も全部奪って、どこへ行ったのよ‼」

（……じゃあ、本当に曲さんと二人で……）

飛蓮は暗澹とした思いがする。

「よくもこんな仕打ちを……絶対に許さない！」

興奮のあまり、はぁはぁと息を切らしながら京が呻く。

「どこなの、どこなのよ！」

「……知りません」

「お前が今日うちへ来たのも、時間を稼ぐためだったんでしょう！　私に気づかれずにあの二人が逃げるための！」

京は格子を苛立たしげに叩いた。

「奥様、母のことは本当に知りません。それに――本当に藤清の兄が死んだんですか？」

京は答えない。

「俺は無実です、あの娘を攫ってなどいません。……お願いです、律真に会わせてください！　律真ならそれを証明してくれるはずです！」

「――いいえ、お前が県令のお嬢様に懸想して拐かした上に、その兄上を殺したのよ」

妙にきっぱりと言われ、飛蓮は眉を寄せた。

「律真は関係ないわ」

「奥様……今日、律真は藤清と会っていて……」

「馬鹿なことを言わないで！」

悲鳴のような声で京は言った。

「な……」

「証人だっている。お前が殺したの。お前がどんなに訴えても無駄よ。県令の郭様とは懇意にしてるの」

「そんな……どうして……」

京は少し声色を変えた。

「──でも、お前が心を入れ替えるというなら、助けてあげてもいいわ……」

歪んだ笑みを浮かべながら、格子を掴む飛蓮の手に自らの手を重ねようとする。

「私のものになるなら……」

飛蓮は手を振り払い、後退りした。

「ふざけるな、吐き気がする……！」

京の表情が一変した。ぎゅっと眉を跳ね上げ顔は赤く染まる。

「なら惨めに死ぬがいい！　お前の母親も探し出して、すぐに同じようにしてやる！」

そう叫んだ京は、つかつかと獄舎を出ていった。

ほとんど眠れず朝になり、近づいてくる兵士の足音を聞きながら、もうこれで死ぬのだと思った。

がたがたと格子の扉が開く。処刑の時間だろうか。

「――出ろ」

引っ張り出された飛蓮は、獄舎の外へと連れていかれた。日の光が眩しくて目を細める。

突然、縄を解かれたので飛蓮は訝しんだ。

「釈放だ」

「……え？」

「真犯人が名乗り出たんでな」

飛蓮ははっとした。

「真犯人……？」

「今頃、表の処刑台の上だ。お前、命拾いしたもんだな」

役所の裏口から放り出されて、飛蓮は呆然とした。もう死ぬものと思っていたのに、どうやらまだ生きている。

（真犯人って……まさか）

急いで表門へと駆けだす。牢の中でずっと考えていたのは、京と藤清が口裏を合わせて嘘の証言をするのは何のためか、ということだった。京は夫の件で恨みがあるのはわかるが、藤清は——。

刑場にはすでに見物人による人垣ができていた。掻き分けるように前に進み出る。柵の向こうの処刑台の上に、誰かが縛られて跪いている。俯いていて顔は見えない。

（律真——？）

「殺しだってよ」

「県令の息子を——」

「それが、お嬢様を攫って、それを助けに来たご子息を殺したって——」

処刑台の人物が少し顔を上げた。

その瞬間、飛蓮の周りからすべての音も景色も飛んだ。そこにあるのは、自分の顔だ。

「…………飛龍？」

体中の血が凍りついたように感じた。飛龍の顔を見た人々は、口々に罵っている。

「ああ、あの遊び人じゃないか」

「ついに県令様のご令嬢にまで手を出したのか」

「いつかこんなことになると思ってたよ。俺は」

　飛蓮は足が震えるのを抑えられなかった。

（違う……違う、そんなはず……）

「飛蓮！」

　背後から声をかけられ、飛蓮は振り返った。

「……律真」

　律真の顔は真っ青だった。

「ひ、飛蓮……よかった、お前が無事で……」

　飛蓮は震える手で律真の胸倉を掴んだ。

「なんで飛龍があそこに──！」

「飛蓮……」

「今度は飛龍に罪を着せるつもりか⁉」

　律真は首を横に振り、泣きだしそうな顔をした。

「ち、違う……！　全部自分がやったって自分から言いだしたんだ、飛龍が！」

「嘘だ！」

「──刑を執行する！」

飛蓮は処刑台を振り仰いだ。処刑人が飛龍の背後で剣を構えている。

「やめろ！　……飛龍！　飛龍！」

飛蓮は叫んだ。

少しだけ、飛龍がこちらに視線を向けたのがわかった。その様子はひどく落ち着いていて、まるでいつもと何ら変わりないように思えた。

「お前、なんでこんなこと……！」

飛龍は柵の上に身を乗り出す。

「お前じゃないだろ⁉　なんでっ……」

刃（やいば）が振り下ろされる。

悲鳴とも歓声ともつかない声が上がった。

飛龍の体は力なく倒れる。しばらくひくひくと痙攣（けいれん）し、やがて動かなくなった。

──お前を見るといらいらするんだよ！

最後に飛龍にかけた言葉を思い出す。

体が震えて止まらなかった。

遺体が引きずられるように処刑台から運ばれていく。見世物に満足した人々が散り散りに去っていく足音が遠のいていくのがわかった。

どこかで、ごめん、と泣く声がする。

最初それは、自分の声かと思った。

しかしやがて、自分の隣にいる律真が喋っていることに気がついた。

「殺すつもりなんてなかったんだ……藤清を連れていこうとするから、揉み合いになって……自首するつもりだった、けど……母さんも藤清も、俺に罪人になってほしくないって泣いて……怖くて……だから……」

律真が泣き崩れる。

「ごめん、ごめん……こんなつもりじゃ……」

飛蓮は何も言わなかった。

その場を立ち去ろうとすると、律真がぐっと袖を掴んだ。

「飛蓮！」

「……触るな！」

思い切り突き飛ばす。尻餅をついた律真には目もくれず、飛蓮は歩きだした。

「……飛龍が、最後に……飛蓮に伝えてほしいって」

その言葉に、飛蓮は立ち止まった。

「……『海棠の下』って」

振り返ると、律真は蹲って泣いていた。

「……それだけ、言ってた……」


遺体を引き取り荷車に乗せると、一人それを引いて家に戻った。

飛龍の遺体に被せていた筵をそっと取り払う。不思議と安らかな表情をしているように見えて、飛蓮は低く呟いた。

「なんでだよ……」

怒りが込み上げてきた。飛龍に対しての怒りだ。

自分のことを置いていって、どうしてそんな平気そうな顔をしているのかと、ひどく詰りたくなった。

「……勝手なことするなよ！」

無実の罪を背負ったとしても、飛龍を犠牲にして助かりたいなどとは思わない。そもそも、最近では飛蓮とまともに話をしようともしなかったというのに、何故こんな真似をしたのか納得がいかなかった。

飛蓮は鍬を手にすると、黙々と畑の隅に墓穴を掘った。こんな辺境の、寂れた場所に葬らなければならないことが悔しくてたまらない。

――海棠の下。

飛蓮は律真の言葉を思い出していた。

（海棠……？）

頭に浮かんだのは、かつて暮らした屋敷の中庭にあった海棠の木だった。父が謀反人となった日、美しく花を咲かせていた。

自分を海棠の下に埋めてほしいという意味だろうか。

（そういえばこの家の裏にも、海棠が……）

ここへ移り住んだ日、ちょうど花が咲いていて、ああここにもあるのかと思ったのだ。しかしそれ以来、ほとんど気に留めることもなかった。

飛蓮は家の裏手に回った。小さな海棠の木が確かにそこには植わっている。その根元は枯れ木や葉に覆われていたが、ふとその様子が妙に作為的な気がした。

膝をついてがさがさとそれらを避けて露になった地面を観察すると、最近土を掘ったような跡があった。飛蓮は勢い込んで、素手で土を搔き分けていく。

現れたのはひとつの木箱だった。周囲を掘り下げ、両手で持ち上げる。随分重かった。

（飛龍が埋めたのか？）

蓋を開いて、飛蓮はぎょっとした。中には貨幣がぎっしりと詰まっていたのだ。

飛龍が女から貢がれていると聞いても、実際に金を持っている気配はなかった。だからてっきり、遊興に使い込んでいるのだと思っていた。

（ここに隠してたのか……）

詰め込まれた貨幣の上に、一枚の紙片が折りたたまれている。飛蓮へ、と書かれた文字に驚き、ぱっと手に取る。

飛蓮は急いで弟の文字を目で追った。

『この金で本を買い優秀な先生を見つけて、科挙を受け、出世して司家を再興してほしい。頭の悪い俺と違って出来のいい飛蓮ならやれるだろう。本当はお前が都に行っても誰にも馬鹿にされないくらいの金子を用立てるつもりだったけれど、俺はもうここまでらしい。

お前は、女からもらった金なんて、と思うかもしれないが、どんな手段で得た金だってそれでお前が何かを成すことができるなら、俺はそれでいいと思ってる。

昔、飛蓮が作った影絵芝居で、兄弟の話があったのを今になって妙に思い出す。結局、あの結末を聞いてない。獣になった兄を射た弟はどうなった？　最後はちゃんと兄を救えただろうか』

飛龍、と最後に書かれている。

飛蓮は呆然として、何度もその手紙を読み返した。

「あの――」

どこからか声がする。

表に出ると、夫婦らしき男女と子ども三人が、家の前に立っていた。知らない顔だ。

「飛龍はこちらに？」

「……え？」

「墓に、花を……」

どこかで摘んだであろう野花の束を、父親に手を繋がれた幼い少女が抱えている。

「飛龍の、知り合いですか？」

近づいてきた飛蓮の顔を見ると彼らは一様に驚いた顔をした。

「あ、ああ、そうか、双子の兄さんがいるって言ってたな……」

父親が思い出したように言った。

「飛龍にはいつも、助けてもらってました。俺が脚を怪我して働けない間、家族の面倒を見てもらったり、薬をくれたり……」

そうなんです、と母親が頷いた。

「子どもたちのことも気にかけてくれて、よく遊んでもらってたんです。近所の子たちも集めて、文字も教えてくれたって」

三人の子どもたちは不思議そうに飛蓮を見上げている。

「飛龍、生きてたの？　死んだんじゃないの？」

母親は言い聞かせるように幼い息子の頭を撫(な)でた。

「違うのよ、飛龍のお兄さんなのよ」

彼らが墓に花を手向(たむ)け手を合わせるのを眺めながら、飛蓮はぼんやりと、飛龍からの手紙を握り締めていた。

――お前が恥知らずな真似をしてるせいで……！

あの時、飛龍はどんな顔をしていただろうか。

それからも、飛龍の死を知った幾人かが訪ねてきた。皆、彼に世話になったのだ、と涙して墓に手を合わせる。話の中の飛龍は、まるで飛蓮の知らない人物のようだった。

弔問客(ちょうもんきゃく)が途絶えた頃、飛蓮は一人、墓の前に腰を下ろした。

海棠の木の下にあった箱を、静かに傍らに置く。

何の音もしない。鳥も囀(さえず)らず、風も吹いていなかった。

「飛龍……」

小さく呼ぶ。応える者はいない。

思い返せば、飛龍はいつだって飛蓮を心配してくれていた。気にかけていた。

（どうして気づかなかったんだろう……？）

誇りとか名誉とか、そんなことばかり言って。

「飛龍……」

幼い頃、飛蓮の影絵芝居に見入っていた飛龍の姿を思い出す。

――ある小さな村に、仲のよい兄弟がおりました。兄は力持ち、弟はとても頭がよく、二人がいればなんだってできました。

熱いものが頬を伝っていく。

「ごめ……ごめん、飛龍……」

ぱたぱたと涙が後から後から流れ落ちて、地面を濡らす。

「飛龍……ごめん、俺が悪かったからっ……科挙なんてっ、家のことなんてどうでもいいからっ……こんな金なんて、いらないからっ……」

歯を食いしばったが嗚咽が止まらず、飛蓮は背中を丸めて慟哭した。

「俺が代わりになるからっ……戻ってきてくれよ……」

二章

ついこの間まで冷え冷えとしていた永楽殿には、いくつもの色が溢れている。傅く宮女、祝いの品を携えた妃嬪たち、贈り物は山のように積まれて見るのも追いつかない。

芙蓉はその様子を眉を寄せて眺めていた。

自分を見下していた宮女たちが、今では進んで媚び諂う姿は見ていて気分がよかった。軟禁中も自分のために手を貸してくれた曹婕妤と許美人に会えたのも嬉しかった。彼女たちは苦しい時にも味方になってくれた、自分にとって真の友だ。

それでもここにないものがある。最も求めていたものが。

侍女が入ってきたので芙蓉ははっとして身を乗り出し、少女のように喜色を浮かべる。

「陛下がいらしたの⁉」

すると侍女は身を縮ませ、申し訳なさそうに、

「あの……お父上様からの贈り物が届いております」

とだけ言った。

芙蓉は長椅子に背を預け、肩を落とした。

未だに碧成は、一度も彼女に会いに来ない。彼の――皇帝の子を身籠ったというのに。

曹婕妤と許美人が、労るように芙蓉の両脇に寄り添った。

「賢妃様、ご案じなさいませんように。陛下はお忙しくていらっしゃいますから」

「そうです、賢妃様のことはお気にかけていらっしゃいますわ。賢妃様のお体を何より大事にし、人も物も惜しむことのないように、とお命じになったのは陛下でございます。この度のご懐妊を何よりお喜びです」

「平隴を身籠った時は、真っ先に駆けつけてくれたのよ！　毎日顔を見にいらしたし、愛おしそうにお腹を撫でてくださったわ！　……それなのに」

芙蓉はぎゅっと自分の腹を抱き締めた。

妊娠が確かなものと認められ、彼女はようやく軟禁を解かれた。膨らみ始めたお腹には、きっと男の子が眠っているはずだった。

しかし、碧成の訪れはなかった。

「……あの女が陛下の邪魔をしているのね」

曹婕妤と許美人は身を乗り出して同意した。

「賢妃様がいらっしゃらない間、柳貴妃の専横ぶりといったら、それはもう酷いものでした。後宮中が柳貴妃にひれ伏して……」

「陛下も柳貴妃しかお傍に召されなかったものですから、他の妃嬪たちも皆、憤っておりましたの。賢妃様がお戻りになられて本当に心強いです」

「最近では、柳貴妃の立后の儀の準備で誰もかれも大忙しですわ。それだけでなく、春になれば高葉への出兵を行うとかで、お忙しい陛下の体調を管理するという名目で柳貴妃が陛下にべったりです。あれでは、陛下だっておいそれと賢妃様のもとを訪ねるわけにはいかないでしょう」

「陛下はすっかり柳貴妃の言いなりです。天の声を聞くとか、神女だとか、あんな大法螺を信じ込んでしまっているんですから」

二人の話を聞きながら、芙蓉は膝の上でぎりぎりと手布を引き絞る。

「本当にどこまでも邪悪な女……陛下を誑かして、自分の一族にだけ都合のいいように権力を振りかざして！　あんな女が皇后になるだなんて！」

「そうですわ、柳貴妃はまだ身籠ってもいないのに。……おかしいと思いませんか、賢妃様」

「え？」

「だって柳貴妃は誰より夜伽の数が多いのに、未だに懐妊しないなんて」

「もしや……子を生せない体なのでは？」

「そんな人が皇后になるなんてありえません。後宮の女がまずなすべきことは、陛下の御子を授かることですわ」

芙蓉は立ち上がった。

「……そうね、確かに」

雪媛が碧成の後宮に入ってからというもの、芙蓉との床入りは目に見えて減った。その代わりに雪媛が寵愛され、いつ雪媛が先に男児を身籠るかと常に戦々恐々としていたのだ。

「あの女が子を産めないなら、皇后の資格など失うはず……」

「ええ、ええ、そうですわ」

「――賢妃様。柳貴妃様から使いが参りました」

侍女に先導されて入ってきたのは、雪媛の侍女である芳明だった。

侍女の中では抜きん出て美しく妖艶なこの女が、芙蓉は嫌いだった。後宮の女にとって、男といえば皇帝のみであり、他の男など知らずに入宮するし、それはこれからも永遠に変わることがない。しかしこの芳明は、確かに多くの男を知っている匂いがした。侍衛たちは皆、この女が通りかかると引き寄せられるように目で追いかける。

（汚らわしい女。あの主にしてこの侍女ありね）

「賢妃様、こちらは柳貴妃様からの祝いの品でございます」

芳明は宮女たちに持たせたいくつかの品を運び入れた。

「……貴妃に、礼を伝えておいてちょうだい」

「かしこまりました。……ところで賢妃様、貴妃様が心配しております。琴洛殿へ一度も挨拶へいらっしゃいませんので、身籠られて体調が思わしくないのではと」

ぴくりと芙蓉の眉が動いた。

「ええ、その通りよ。体がだるくてね。何しろ陛下の御子が元気なものだから、すべてお腹に吸い取られている感じよ。でも仕方がないわ。陛下の妻として、お世継ぎを産むこと以上に大事な仕事はないもの」

「――後宮において、皇后様への拝謁はすべての妃嬪の義務でございます、賢妃様」

芙蓉はくすりと笑った。

「あら、わたくしの記憶が正しければ貴妃はまだ皇后じゃないわ。位はわたくしと同じはず。ねえ、曹婕妤、許美人？」

「ええ、左様でございますわ」

「ご懐妊された賢妃様の居殿まで、柳貴妃様がお伺いするのが礼儀ではございませんか？

妊婦を歩かせるおつもり？」

「それでもし転んだりでもしたら……ああ恐ろしい！　陛下の御子に何かあったらどうなさいます」

芳明は三人の言いように笑顔で耳を傾けていた。

「賢妃様、貴妃様は大層ご心配されております。是非、琴洛殿まで顔を見せにいらしてください」

「わたくしの顔が見たければ、そちらが出向くようにと伝えなさい。――もう下がって。休まないとね、お腹の子のおかげで眠くて」

「平隴公主には、お会いになられましたか？」

奥へ下がろうとした芙蓉は足を止め、ゆっくりと芳明を振り返った。

軟禁を解かれて以来、娘である平隴公主に何度も会おうとしたが、それは叶わなかった。雪媛の養女となった平隴公主はいつの間にか、病気療養という名目で皇宮の外へと追いやられていたのだ。

「公主様は今、久しぶりに皇宮へお戻りで、琴洛殿にいらっしゃいます」

にこにこと芳明が言う。

「次にお戻りになるのはいつのことか……侍医の話では、生来お身体が弱くていらっしゃるので、空気のよい地方で暮らすのがよいとのこと。もっと遠い場所へお移りいただくことになるやもしれません」

「……お前……！」

芙蓉がぶるぶると肩を震わせ怒気を発するのを見て、芳明は微笑みを浮かべたまま頭(こうべ)を垂れた。

「お越しになるのをお待ちしております、賢妃様。……ああ、穆潼雲(ぼくどううん)をご存じでいらっしゃいますでしょう？　今は貴妃様の護衛を務めております。潼雲も、お世話になった賢妃様に改めてご挨拶がしたいと申しておりました。もうお仕えできなくなってしまい、残念だ——と」

失礼します、と芳明が出ていく。

途端に曹婕妤と許美人が声を上げた。

「信じられない、なんて言い草！　侍女のくせに！」

「公主様を人質のように……！　人としての良心というものがないのかしら？」

「賢妃様、大丈夫ですか？」

真っ青になって震える芙蓉は、涙を湛(たた)えていた。

「……柳貴妃……どうしてこんな無慈悲な真似ができるの……わたくしを跪(ひざまず)かせるために、

幼い公主を利用するなんて！　なんて惨い……あの女には、血が通っていないの？」

無邪気に雪媛を母と呼んでいた幼い娘の姿を思い出すと、身を引き裂かれる思いがした。

（それに、潼雲まで――）

ぱたりと連絡がつかなくなった潼雲は、雪媛の懐に潜り込んで様子を窺っているのかと思っていた。しかし先ほどの芳明の言葉では、潼雲は寝返ったと考えるべきだ。

（あれほど目をかけてやったのに、裏切るなんて……卑しい身分のくせに）

「賢妃様、どうなさいますか？　口惜しいですが、公主様にお会いできる機会は今しかないかと……」

芙蓉はもみくちゃにした手布を床に投げ捨てた。

「琴洛殿へ行くわ」

芙蓉を乗せた輿が通りかかるのを見た後宮の人々は、頭を垂れながらもひそひそと何事かを囁き合っていた。ついに芙蓉が雪媛に頭を下げに行くのか、とか、どちらにつくのが得策か、とか、そんな話をしているのだろう。

輿を琴洛殿の門前へと寄せ、侍女の手に摑まって立ち上がる。

「賢妃様」

芳明が駆け寄ってくる。

「貴妃は？」

芳明はすまなさそうに言った。

「申し訳ございません、貴妃様は公主様と一緒にお休み中で、今はお会いになれません」

「わたくしが来たと伝えなさい」

「公主様が遊び疲れて眠ってしまったので、しばらく誰も通すなと言われております。恐れ入りますが、また後(のち)ほどお越しください」

芙蓉の侍女が眉を吊り上げる。

「賢妃様にこのまま帰れと言うつもり？　ただでさえ身重でいらっしゃるのよ。何度も足を運んで、具合が悪くなったらどうするの！」

芳明は意に介さぬように表情を変えず、芙蓉に目を向けた。

「公主様は明日には療養先にお戻りになる予定です、賢妃様。——いかがなさいますか？」

唇を嚙みながら、芙蓉は閉じられた扉を睨(にら)みつけた。

（本当は休んでなどいないくせに！　その向こうで笑っているんでしょう！）

「……ここで待つわ」

「賢妃様、こんな寒い日に外で待つなんてお体に障(さわ)ります！」

侍女が悲鳴のような声を上げ、芳明に食ってかかる。

「お腹の御子に何かあったら責任を取れるの⁉　陛下が黙ってはいないわよ！　早く通しなさい！」

しかし芳明は無感動な様子で、「主の許可なくお通しすることはできません」とにべもない。

「貴妃様がお目覚めになりましたら、お呼びします」

失礼します、と遠ざかっていく芳明を苦々しく睨みつけながら芙蓉は身を震わせた。真昼とはいえ冬の風は冷たい。外套を羽織ってはいるものの、足先から冷え冷えとした感覚が忍び寄ってくる。

「賢妃様、帰りましょう。いったいどれほど待たされることか――」

「うるさいわね、待つと言ったでしょう！」

輿に乗るよう促す侍女の手を振り払う。侍女は泣きだしそうな顔になった。

「賢妃様、陛下に訴えましょう。貴妃様はあんまりです」

（お腹の子に何かあれば、陛下も黙ってはいないわ。貴妃だって、いつまでもこんな寒空の下にわたくしを放置しておくことなどできないはず）

そう考えて、芙蓉はじっとその場で待ち続けた。

ところが、いつまで経っても声はかからない。かたかたと身が震える。

（もしこれで、この子が流れたりしたら――）

不安になり、お腹を摩る。

今、自分を支えるものは皇帝の寵愛でも地位でもない、唯一お腹の子だけだった。子を失えば、またすべてを失ってしまう。

（これが狙い？　わたくしを流産させるつもりなの？　それでわざとこんな寒い日に呼び出したんだわ！）

立っていられなくなり、芙蓉は膝をついた。驚いた侍女が声を上げる。

「賢妃様、もう帰りましょう。本当にこれ以上は……」

「……いいえ、公主に会うまでは……帰らないわ」

声が震えた。

扉が開き、芳明が悠然と顔を出す。

「貴妃様がお呼びでございます。どうぞこちらへ」

侍女に支えられ、よろよろと立ち上がった。

通された客間は先ほどとは別世界のように暖かかった。奥の椅子に雪媛が腰かけていて、薔薇色の頰で微笑みかけてくる。

「賢妃、お久しぶりね。いらしていたとは知らず、ごめんなさい。随分お待たせしたようね」

芙蓉は視線を彷徨わせた。娘の小さな姿を探す。

その様子に、雪媛は微笑んだ。

「久しぶりに会ったというのに、挨拶もないのかしら」

「……ええ、本当に久しぶりね。変わらないこと」

これみよがしにお腹を撫でながら、芙蓉は胸を張った。

「祝いの品をありがとう、貴妃。わたくしも、早くあなたに懐妊祝いの品を贈りたいのだけど……めでたい便りはまだのようね」

「あなたが元気な子を産むことを願っているわ、賢妃。陛下には一刻も早く跡継ぎが必要だもの。きっとお腹の子は皇子でしょうね」

「ええ、医者も占い師も、皆皇子だろうと言っているわ」

「おめでたいことだわ。安皇后が亡くなってから……後宮には明るい話題がないもの」

意味深にそう言って芙蓉を見据える。

「本当に悲しい出来事だったわ。わたくしも、あの時の酒の味は忘れられない――思い出すと今でも身震いする。あなたにいただいたお酒の……」

「――公主はどこなの」

しびれを切らして芙蓉が言うと、雪媛は笑った。そして芳明に目配せをすると、扉が開いて幼い平隴公主が現れた。

「平隴、こちらへいらっしゃい」

手招きする雪媛に嬉しそうに駆け寄っていく。最後に目にした時よりもまた大きくなった娘の様子に、胸が熱くなった。

平隴公主の頭を撫でながら、雪媛がちらりと芙蓉に目を向けた。小さな手を引いて芙蓉の目の前まで連れてくる。

「さ、ご挨拶なさい」

言われて平隴公主は、きょとんとした顔で芙蓉を見た。

「平隴……」

芙蓉は震える手を伸ばす。思わず、じわりと涙が溢（あふ）れた。

しかし平隴公主は怯（おび）えたようにさっと身を引くと、雪媛の裾（すそ）に隠れてしまった。届かなかった手が行き場を失い固まってしまう。

雪媛は困ったように公主の肩を抱くと、そっと前に押し出す。

「平隴、さぁ、あなたを産んだ独（どく）賢妃よ」

しかし公主はいやいやと頭（かぶり）を振って、雪媛の背後に回ってしまう。

芙蓉は呆然として、雪媛の衣の向こうに僅かに見え隠れする娘の姿を見つめた。小さな手がしっかりと雪媛の裳裾を握りしめている。

「――平隴。お母様よ」

優しく声をかけても、顔も見せようとしない。雪媛が察したように、芳明を呼んで公主を連れていくよう命じた。

体が震えている。もう寒さのせいではなかった。

「公主は幼いから混乱しているのよ。陛下の命でわたくしの養女となって、すっかり懐いてしまったものだから。――わたくしも行くわ。公主が寂しがるだろうから」

一人その場に取り残された芙蓉は、しばらくの間身動きすることもできなかった。

帰りの輿に乗り込むと、無意識にお腹を摩った。ぶつぶつと呟く芙蓉の様子に、侍女が不可解な表情を浮かべている。

お腹を摩りながら、呪文のように同じ言葉を繰り返した。

「……どうか、どうかお前が……母の恨みを晴らしてちょうだい……お前が、母の恨みを……お前だけが、わたくしの子よ……お前だけが……」

眠っている平隴公主の顔を覗き込んで、碧成は表情を緩ませる。そのぽってりとした頰をそっと指でつついて、幸せそうに笑った。

「……雪媛と余の子も、きっと可愛いであろうな」

雪媛は何も言わず、縫い物を続けている。

「なぁ、雪媛」

「はい？」

「その……最近酸っぱいものが欲しくなったとか、そういうことはないか」

雪媛は手元から顔を上げると、そわそわとした碧成を見つめた。

「いや、その……そなたが後宮に来て、随分経つだろう？　だから、そろそろ……」

「懐妊しないのか、と？」

「いや、その、責めているわけではない！　余も、これぱかりは天に任せるしかないと思っているのだ。だが、重臣たちが……やはり皇后の嫡男こそが、皇太子たるべき、という意見で……」

雪媛は悲しげに息をつき、目を伏せた。

「だから、そなたに懐妊の兆候はないのかと……皆が……妊娠できぬのではないかと申す者までいて、余は反論したのだが……」

「陛下。わたくしとて女子です。子が欲しいと、ずっと願っております……」

いつも気丈な彼女の頬を、一筋の涙がつうと伝った。碧成は驚き、焦ったように雪媛を抱き締める。

「すまない、そなたを責める気などないのだ！」

「……賢妃は二度も身籠ったというのに、わたくしは……」

「雪媛……まだお互い若い。これからいくらでも子ができる」

「……ですが、わたくしが子を持てる身体なのか、皆心配なのでしょう。医者に調べさせるべきとでも迫られたのでは？」

「……それは」

碧成は言葉を詰まらせた。

「やはり、そうなのですね……」

「安心しろ！　そなたが傍にいることが余にとっては何よりも大切だ。余の皇后はそなたしかおらぬ……泣かないでくれ。もうこんなことは二度と言わない、皆にも決して口出しはさせぬから！」

碧成の胸に顔を埋めながら、雪媛は考えをめぐらせた。

おおかた、芙蓉が先日の件を恨みに思って、雪媛に子ができないことを問題にするよう父親に頼んだのだろう。

（上手く泣くのも一苦労だ）

頰の涙を拭って心の中でため息をつく。

芙蓉の懐妊は誤算だった。碧成との第二子は男――次代の皇帝となる皇子であると、雪媛は知っている。

（回避できたと思っていたのに――）

この王朝の血を引く後継者が、これ以上増えては困る。碧成の兄弟たちを消すために雪媛がせっかく張りめぐらせてきた罠も、より正統な跡継ぎが生まれてしまっては意味を成さない。

「生まれる前に、けりをつけるべきです」

芙蓉が身籠ったと知った時、尚宇は真っ先にそう声をあげた。

（尚宇は正しい……）

そうすべきだと雪媛も思った。赤子を、、、殺すよりは――と。

ようやくあの男から逃れられたと思ったのに、あれ以来――あの噴火の日以来――赤ん坊の泣き声が、時折聞こえる気がする。

雪媛は唇を歪めた。

（赤子殺しの柳雪媛が、いまさら……）

両手を見下ろせば、すでに血にまみれている。

琴洛殿で夜を過ごした碧成が朝議へ向かうと、雪媛は化粧箱を開けた。二重底になったそれから小さな入れ物を取り出す。蓋を取ると丸薬が入っていた。一粒つまみ、口へと運ぶ。柿蒂の粉末を湯と蜂蜜で練り物にしたそれは、雪媛自らが調合したものだ。後宮に入って以来欠かすことのできない薬だった。

噛み砕いて、茶で流し込んだ。この薬の効用のおかげで、前の皇帝との間にも、子はない。

――わたくしとて女子です。子が欲しいと、ずっと願っております……

自分で言った言葉に失笑する。

（競争者を増やすつもりなどありませんよ、陛下）

碧成の――この王朝の血を引く息子など、この世に存在しては困るのだ。それがたとえ、自分の子であったとしても。

「やぁだあぁぁぁ！　またまたいい男じゃなぁ～～～い！」

その野太い嬌声に、潼雲は硬直した。

禿げ上がった頭に丸顔、どんぐりまなこにあつぼったい唇、薄い髭を生やした小太りな中年男が飛びかかってきたので、急いで雪媛を背後に隠して剣を抜く。

「雪媛様、お下がりください！　この妖怪は私が成敗――ひぃっ！」

突然抱きついてきた男に両手でわしわしと体を弄られ、潼雲は真っ青になって悲鳴を上げた。

「あらっ、いい体してるぅ。やっぱり武人っていいわよね～」

「あ、新手の敵か……!?　どこの回し者だ貴様！」

鳥肌を立てながら潼雲が剣を振り回す。

雪媛と瑯、それに潼雲は、大通り沿いに建つどこよりも立派な商家の奥の間にいた。

「お前に気に入ってもらえてよかったよ、金孟」

雪媛はにこにこしながら席について、出された茶を啜った。

「んも～、あんたの護衛って本当、男前ばっかりで羨ましいわぁ～」

「金孟……!?　こ、この妖怪――あ、いや、この方が？」

必死に引き離そうとしていた潼雲は驚きに目を瞠り、まじまじと男を眺めた。

都一の大商人である金孟は、宮中との取引も一手に担っている。先日、潼雲の妹夫婦に助け舟を出したのも金孟だった。今日は雪媛がその金孟の店をお忍びで訪ねるというので、世話になった礼も兼ねて潼雲が護衛にと名乗りを上げた。

ようやく潼雲から離れた金孟は、目を輝かせて今度は卿に抱きついた。

「卿ちゃんもいらっしゃ～い！　ほらほら、卿ちゃんがこの間気に入ってくれた果物、たくさん用意しておいたからね！　はい、あーん」

餌付けされるように差し出された果実をぱくりと口に入れた卿の胸元に、金孟は嬉しそうに頬ずりする。潼雲はなんとも言えない表情で、平静な様子の卿を見つめた。

「お前、よく平気でいられるな……」

「獣と同じようなもんやき」

そう言って卿は猫をあやすように、金孟の顎下に手を伸ばした。金孟は上機嫌でごろごろと喉を鳴らす。

「ね～え、青嘉ちゃんは今日は来てないの？」

「すまないな、今日はそこの二人で我慢してくれ」

「悲しい～！　最近ご無沙汰じゃな～い」

それを聞いていた潼雲は合点がいったように、

「それであいつ、今日は妙にあっさりと護衛の任を俺たちに任せたのか……！」

と憤懣やるかたない様子で拳を握った。

「仕方がないわねー。いいわ、でも今度は青嘉ちゃんも連れてきてよね。私の推しなんだからぁ」

「わかったわかった。――瑯、潼雲、外で待て。この部屋に誰も近づけるな」

「は、はい」

潼雲は少し居住まいを正し、金孟に向き直った。

「あの――金孟殿。義弟の商いに援助していただいたこと、感謝します」

金孟は目をぱちぱちと瞬かせ、うふふと笑った。

「私は得るものがない無駄なことはしない主義なの。見返りはあなたの主人からたっぷりいただくわ」

すすす、と潼雲に寄ってきて、背中をさわさわと撫で回す。

「でもぉ、そんなに言うならあなたが体で払ってくれてもいいのよ？」

「私の体はすでに雪媛様のものですので、主の許可なくお支払いはできかねます」

「誤解を招く言い方をするな」

雪媛が愉快げに笑った。

「潼雲、もう行け」

「――失礼します」

二人が出ていくのを見届けて、雪媛は本題に入った。

「……で、頼んだものはどうだ。手配できそうか」

金孟も雪媛の正面に腰かけ、宝石がちりばめられた指輪をいくつも嵌めた太い指で茶碗を取った。ふうふうと湯気を散らし、ちろりと舌をつけて熱そうに目を細めた。猫舌なのだ。

「ちゃんと用意してるわよー。それにしても、往生際が悪いわよねぇ。もうあんたが皇后になることは決まってるんでしょ？　立后式を妨害するなんて、やることが小さいわぁ。やっぱりあれなの、独芙蓉の仕業なの？」

「まぁ主にはね……実際に手を回しているのは、その父親やら、お仲間たちだが」

立后式の準備は遅々として進んでいなかった。

立后式が前回行われたのは安皇后が冊立された時だが、その当時、式を統括した式部官が突然地方へ飛ばされ全体を把握する者はおらず、あるはずの資料も何故か見つからない。皇后の衣装を担当するお針子は皆突然病と称して職を辞し、残ったのは経験の浅い腕の悪い者ばかり。式典に使用する旗や幟などが保管されていた倉は突然出火し、いずれも使い物にならなくなった。

雪媛は必要な品を急ぎ手配するように金孟に依頼し、今日はその様子を見に来たのだった。

「急ごしらえでみすぼらしい立后式になったのでは、新皇后としての私の沽券に関わる。どうせなら慣例に囚われず、これまでにない式にするくらいのほうがよい。そういう意味では、ぶち壊してくれてありがたいくらいだ」

「ふふ、いいわぁ、あんたのそういうとこ好きよ。……ま、私は言われた通り、必要な人や品を用意するつもりだけどね。でもぉ、あんた大丈夫なの？　独芙蓉が妊娠して返り咲いたっていうけど、後宮じゃ皇帝の子どもがいるかどうかが権力の分かれ目でしょ」

「問題ない」

「あら余裕。……もしかして何かもう策を講じてあるの？　薬を盛って流産させるっていうのが後宮ではよく聞く話よねぇ」

「人聞きの悪いことを……」

もちろん、そうするべきだ。

それでも、雪媛は決断できていなかった。

「陛下には未だに跡継ぎがいない。皇子は必要だ。最近、不穏な噂もあるようだからね」

「蘇高易が環王を娘婿にするって話ね？　陛下の後ろ盾だったはずの彼が、弟君の舅になるのは意図があるんじゃないかって……」

「そうだ。陛下に跡継ぎがなく、最近では体調を崩すことも多いのを心配して、他の皇子たちに接近する輩（やから）が増えている。陛下のためにも、子は必要だ」

本音は違うが、金孟が相手でも下手（へた）なことは言えなかった。あくまでこの男との繋（つな）がりは、利害で成り立たなくてはならない。

「傀儡（かいらい）皇帝は幼いほど都合がいいものねぇ。今の陛下は大人になって、自分の手に権力を取り戻したいと思っている。それなら言うことをよく聞きそうな弟君のほうが都合がいいでしょうよ。私はあんたが今後も上手（うま）くやってくれて、私の権利を守ってくれればそれでいいけど……ああそうだ。そういえば、あんたに伝えなきゃと思っていたことがあるの」

金孟がようやく茶を啜って言った。

「唐智鴻（とうちこう）が、都に戻ってきたわよ」

雪媛は眉をひくりと動かした。

「……いつ？」

「何日か前に、随分と大きな屋敷を構えて妻子ともども住み始めたみたい。なんでも、蘇高易が呼び寄せたんだとか」

「高易が……」

唐智鴻の名は、聞くだけで不快になる。

芳明がかつて愛した恋人で、彼女の息子――天祐の父親だ。そして、彼らを殺そうと身重の芳明に毒を盛った男でもある。

「……わかった。ありがとう、金孟」

今この時にその名を聞くのは、まるで心の内を天に読まれているかのように思えた。


庭に咲いていた椿の枝をひとつ手折った。

本格的に冬が始まり、色に乏しい季節、鮮やかな花弁の色にほっとする。珠麗はその枝を手に弟の部屋に向かった。

久しぶりにやってきた実家には、すでに父も母もない。王将軍の下で武人として働いた父は珠麗が幼い頃に戦死した。母は、珠麗が嫁いで間もなく安心したように逝ってしまった。今ではひとつ下の弟、恭安とその家族がここに暮らしている。

入ってよいかと弟に声をかけようとすると、中から義妹の声がした。

「――ねぇあなた、お義姉様はいつまでうちにいるつもりなの？」

その言葉に、珠麗は身を固くした。

「もうひと月も居座って……ずうずうしいったら」

「おいお前。姉さんにとってここは実家なんだぞ。いくらでもいたっていいじゃないか」

「この家の女主人は私なのよ。それがお義姉様が来た途端、あなたも使用人も皆お義姉様の言うことばかり聞いて……！」

「それは、以前は姉さんが家を取り仕切っていたんだし、皆慣れているから……」

「家を切り盛りしたいなら、嫁ぎ先で好きにすればいいじゃないの！　どうして帰ってきたのよ」

「それは……」

「青嘉殿と再婚するって話はどうなったの？　陛下からもお許しが出たっていうじゃない」

「……そういうことには耳ざといな」

「当たり前でしょう。私たちの甥が王家の未来の当主になってもらわなくちゃ困るじゃない！　青嘉殿はまだ若いし、どこぞの令嬢と結婚して子どもが生まれれば、お義姉様の息子なんて誰も目を向けないわ。そうしたら私たちはどうなるの？　大した家柄でもないのにあなたが軍で厚遇されているのは、王家の親戚だからなのよ」

「それはそうだが……」

「子どもたちの出世にも影響するでしょ！　恭達やこのお腹の子に、惨めな思いをさせるつもり?」

「姉さんにも考えるところがあるんだろう。二夫にまみえるというのは……」

「ふん、どうだか。本当は、青嘉殿に断られたんじゃないの。兄のお下がりの年増なんてまっぴらって」

「お前、なんてことを言うんだ!」

「本当のことじゃないの。青嘉殿からしたら、お義姉様と結婚しても何の得もないんだから」

「……姉さんに再婚してほしいのか、してほしくないのか、どっちなんだお前は」

言い争う弟夫婦の声を聞きながら珠麗は俯き、そのままそっと扉の前を離れた。

実家に戻ったのは、王家にいることが辛かったからだ。

珠麗との婚姻に対して皇帝からの許しが出たと、屋敷中の者が知っている。しかし青嘉の態度は変わらず、珠麗に対してあくまで義姉としての礼を尽くすだけだった。

珠麗が高熱を出して倒れた日——傍に付き添ってくれたことが嬉しかった。職務よりも自分を優先してくれたのだと、あの美しい柳貴妃のもとへは行かず自分の傍にいてくれたのだと思うと、満たされる思いがした。

それでも、青嘉から求婚の言葉はない。

使用人たちも皆、そのことに気づき始めていた。噂を聞いた友人たちも皆、陰ではあの義妹のようにあざ笑っているのかもしれない。

何より、期待した自分の愚かさがいたたまれなかった。

幼い頃に父を亡くした珠麗にとって、王将軍は父のような存在だった。自らの盾となって死んだ珠麗の父に報いたいと、将軍はよく気を配ってくれた。珠麗が王家の兄弟とよく遊ぶようになったのもそれがきっかけだ。

青嘉の兄である劉嘉と結婚し、志宝が生まれ、身に余る幸せだと思っていた。劉嘉が戦死し、生きる気力をなくした時も、青嘉が支えてくれた。

（私……何を勘違いしたのかしら。青嘉殿が優しかったのは、私が幼馴染みで、義姉だからだったのに）

屋敷で顔を合わせることが辛くなり、実家で出産する義妹の手伝いをすると言い訳をして家を出た。

――青嘉殿からしたら、お義姉様と結婚しても何の得もないんだから。

義妹の言葉は、その通りだ、と思う。

「――珠麗？」

門を出たところで声をかけられ、珠麗ははっと顔を上げた。

「ああ、やっぱり。久しぶりだな」

「……智鴻兄様？」

嬉しそうな笑みを浮かべて立っていたのは、母方の従兄弟（いとこ）である唐智鴻だった。珠麗よりも十年上で、その優秀さを見込まれ幼い頃に養子として唐家の跡取りとなり、数年前からは地方での任に就（つ）くために都を離れていたはずだった。

「まぁ、いつ都に？　何年ぶりかしら！」

「つい先日だ。宮中に出仕することになった」

「本当に？　おめでとうございます！　長いこと地方でご苦労なさった甲斐（かい）がありましたね。さぁ入ってください。すぐに弟夫婦も呼びますから」

「ありがとう。珠麗は嫁いだと文（ふみ）にあったから、もうここにはいないのかと思ったよ。あとで王家にも挨拶に行こうかと思っていたんだ」

珠麗は少し表情を硬くした。

「ええ……今は里帰りしているのよ」

「子はどうした。男の子だったよな」

「ええ、志宝というの。……王家にいるわ。お兄様の子どもたちはお元気？」

「うちは娘ばかりでね。可愛いけれど、そろそろ跡取りが欲しいよ。――やあ、恭安！」

部屋を出てきた弟が両手を広げて迎え入れ、喜びの声を上げた。

「お酒をお持ちしますね」

珠麗がそう言うと、智鴻はそれには及ばない、と答えたが、恭安に誘われてそのまま席についた。

「ちょっと」

珠麗は使用人を呼ぶ。

「智鴻兄様のお好きな羊肉を買ってきて。それからお酒は一番いいものを――」

言いかけた珠麗に、義妹が割って入る。

「お義姉様、そういうことは私がやりますので」

「あ……でも」

「お義姉様はお客様なんですから、何もしなくて結構です。どうぞ休んでいてください」

「だけど、あなたは智鴻兄様の好みを知らないでしょう？　だから……」

「お義姉様、早く王家にお帰りになったらどうですか？　人の家事に口出しするほどお暇（ひま）なようですし」

「え……？」

義妹は蔑（さげす）むような目を向けた。

「この家の差配をするのは私です。……嫁に行ったならでしゃばらないでよ」

そう言って、使用人にあれこれと言いながら厨（くりや）のほうへと足早に去ってしまう。

ぽつんと置いていかれた珠麗は俯き、そっとその場を離れた。

「――珠麗？　なんだ、どこに行ったかと思った」

庭でぼんやりしていると、智鴻がやってきた。

「兄様」

「一緒に飲もう。久しぶりの再会なんだ」

「私は、いいわ」

「……恭安に聞いたよ。いろいろ大変みたいだな」

「…………」

「でも、いつまでこの家にいるつもりだ？」

「……他に行くところがないわ」

「王家があるだろう」

「……それは」

「陛下から、弟の青嘉殿との結婚の許しを得たと聞いたけどね」

「青嘉殿は……それをお望みではないのよ」

自分ではっきりと言葉にしてみると、ひどく胸が疼いた。

「それはおかしな話だな。青嘉殿が柳貴妃に嘆願して、それを聞いた陛下が許可なさったんだろう？」

珠麗もそう思っていた。何故今になって青嘉がなかったことのように振る舞うのかがわからない。そして脳裏に浮かぶのは、打毬の試合で目にした柳貴妃の姿だった。

「兄様、もうやめてちょうだい」

「君は？　青嘉殿との婚姻を望んでいるのか？」

珠麗はどきりとしたが、それを顔に出さないように努めた。

「それは……陛下の命なら、と」

ずるい言い方をした、と思った。

智鴻は少し考えるようにして、珠麗、と呼びかけた。

「実は今、独賢妃様の世話係を探しているんだ。賢妃様は妊娠中だから、出産や育児に精通した話し相手を傍に置きたいとおっしゃってる」

「独賢妃……？」

それは青嘉の仕える柳貴妃と同格の妃だったはずだ。

「どうだろう、珠麗。君なら適任だと思うんだけどね」

「私……？」

「出産までの間だけでいいんだ。賢妃様は最近、ひどく情緒が不安定なようでね。誰かしっかりした世話係をつけたいと、独大人から相談されているんだ」

思いがけない話に、珠麗は驚いて首を横に振った。

「無理よ、私は」

「どうして」

「皇宮で働くなんて……」

「珠麗。私がこんなことを言うのもなんだが――志宝の未来を考えるべきじゃないかな」

「え……」

息子の名を出され、珠麗はどきりとする。

「このままだと、王家を継ぐこともなく父親もいない。どうやって身を立てていくつもりだ？　王青嘉が後ろ盾になってくれると思うかい？　彼が結婚して子どもができれば、兄の子なんて眼中になくなる」

心の中でずっと抱えていた不安を言い当てられ、珠麗は俯いた。

「でも、青嘉殿は柳貴妃に仕えているのよ。その義姉である私が独賢妃に仕えるなんて……」

「まだ王青嘉に義理立てするつもりか？　珠麗、君が優しいのは知っているが、こんな人を馬鹿にした話はないと私は思うよ」

「兄様……」

「王青嘉は君と結婚するつもりはないんだろう？　珠麗、王家とはもう縁を切ったほうがいい」

「それとこれとは関係ないでしょう」

「独賢妃に仕えることでその意思表明をするんだよ。独賢妃の子が皇子なら——志宝の未来は大きく開ける。父親のいない志宝にとって、これは重要なことだ」

「志宝の……？」

「陛下にはまだ跡を継ぐ皇子がいない。独賢妃が皇子を産めば、皇太子になる可能性が高い。君が賢妃と懇意にしていれば、志宝は強い後ろ盾を得られる」

「そんなこと……」

　智鴻は珠麗の肩を優しく両手で包んだ。

「考えておいて。これは君と、志宝のためになる話だ」

「兄様、でも」

「珠麗、君が変わらなければ、君の世界は何も変わらないよ」

そう言うと、智鴻は客間へと戻っていった。

珠麗にとって皇帝や皇太子といった存在は遠いものだ。父や夫が仕えている相手であっても会ったことはない。そもそも珠麗の周囲は皆武官ばかりで、戦で手柄を立てることが第一だったから、誰が皇帝になるとか誰と懇意にしていれば有利だとか、そんなことはこれまで考えたこともなかった。

（未来の、皇帝――）

確かに、もしそうなれば志宝は安泰だろう。皇帝が志宝を、王家の跡継ぎとして取り立ててくれるかもしれない。

（でも、そうしたら青嘉殿は……？）

青嘉の顔が浮かび、胸が苦しくなる。志宝が取り立てられるということは、青嘉自身、もしくは青嘉の子を押しやるということだ。そんなことを珠麗がすれば、青嘉はどう思うだろう。

子どもの笑い声がして目を向けると、二歳になる甥の恭達が女中を相手に追いかけっこをして遊んでいた。

（志宝にもあんな頃があったわ……）

珠麗が見ていることに気づいたのか、恭達が駆けてくる。途中で小さな石に躓き、ばたりと倒れてしまったので、珠麗は慌てて駆け寄った。

「恭達、大丈夫？」

恭達は大声で泣き始める。助け起こしてみると、少し手を擦りむいたようだった。

「――恭達！」

声を聞いて義妹が顔を出した。珠麗を見るときゅっと眉を吊り上げる。

「何をしたの⁉」

「恭達が転んで――」

「離れてよ！」

どんと突き飛ばされ、珠麗は尻餅をついた。

「ああ痛かったわね恭達！　さぁ、母様が薬を塗ってあげますからね、可哀想に！」

泣いている息子を女中に抱えさせると、義妹は珠麗を冷たい目で一瞥して行ってしまった。

珠麗は小さく息をつく。衣についた土を払ってゆっくりと立ち上がると、自室へと戻った。縫いかけの衣を手に取る。志宝のためのものだ。どんどん大きくなるから、こうして度々あつらえてやらねばならない。

もうひと月、息子の顔を見ていなかった。

　翌日、出来上がった衣を抱えて家を出た。王家の門を潜るのはまだ気が進まなかったものの、息子の顔をどうしても見たかった。

　門前まで来て躊躇っていると、ちょうど出てきた家令が破顔して寄ってくるのが見えた。

「珠麗様！」

「変わりはない？」

「ええ。お戻りに？」

「あ……いいえ、これを志宝に渡したくて。冬物をあつらえたのよ。あの子は？」

「ちょうど先ほどお戻りになったところです」

「出かけていたの？」

「ええ、御料牧場へ。馬を見に行くと昨晩からとても楽しみにしていらして」

「……そう」

　確かそれは打毬の試合の席で、柳貴妃が見せてくれると約束していたことだった。

「それで、特別に馬を一頭賜ったんだそうでございます。今、厩で世話をされていますよ」

「ありがとう」

　珠麗は厩へと足を向けた。あまり他の使用人たちの目につかないよう、少し用心深く歩く。

「――名前は僕がつけていいんでしょう？」

志宝の声が聞こえてきて、珠麗の胸は弾んだ。こんなに長い間息子と離れたことなどない。

「そうだな、お前の好きな名でいい」

珠麗ははっとして厩の陰に隠れる。こっそりと顔を出して様子を窺うと、馬の首を撫でている青嘉の姿があった。

（青嘉殿……）

青嘉を見ると胸が苦しい。それと同時に、満たされる想いもあった。

「これからは毎日お前が世話をするんだぞ」

「はい！」

期待に目を輝かせる志宝は、うっとりしたように馬を見上げている。確かに毛並みのよい美しい馬だ。水を満たした桶を口許にあてがうと、鼻面を思い切り突っ込んだ。高く跳ねた水がばしゃりと志宝の顔にかかる。

「わっ」

驚いている志宝に、馬はわざとやっているように水を何度も跳ね上げる。誰かの笑い声が上がった。そこで珠麗はようやく、馬の陰に隠れてもう一人そこにいることに気がついた。

「――ふざけているのですよ」

くすくすと笑うのは女だった。馬の首の向こう側に現れた人物に、珠麗は息を呑んだ。

柳雪媛だ。

彼女を見たのは一度だけ。男装した姿だけだったが、その顔を忘れることなどありえなかった。今は市井の女のような恰好をしていて飾り立てる様子はないものの、そこにいるだけで何故か輝くように華やかに思えた。

(どうしてここに貴妃様が……?)

馬は頭をもたげ、雪媛の肩に寄り添うように擦り寄る。くすぐったそうに眉を下げて笑う雪媛の様子は、妙にあどけなく見えた。

「いつか、この馬に乗った志宝殿と打毬で対戦するのが楽しみです」

「貴妃様みたいに馬を上手に扱えるようになるには、どうすればいいですか?」

「――志宝、貴妃様ではなく春蘭だ。外ではそう呼ぶと約束しただろう」

「あ、ごめんなさい。えぇと、春蘭」

青嘉に窘められ、いけない、というように口許を押さえる。

「そうですね、春蘭の場合は……馬にとっての皇帝となれ、と教えられました」

志宝の様子に可笑しそうに笑いながら、雪媛が言った。

「馬は友でもなければ夫でもない、自分が皇帝となりその馬を治めよ――と。この馬にとって、志宝殿が主だとしっかり認めさせることです」

「皇帝――」

志宝は馬を見上げた。

「ねぇ、みんなで一緒に遠駆けに行こうよ」

屈託なく、志宝が雪媛の袖を引っ張っている。青嘉が困ったような顔をした。

「また今度な。そろそろ戻らないと」

「えー」

「次に会う時、どれほど上達しているか楽しみです」

雪媛が志宝の頭を撫でる。

「次はいつ会えるの？」

「すぐですよ」

まるでそれは、ひとつの家族のような光景だった。

珠麗は踵を返した。門を出ようとすると、家令が驚いたように珠麗を呼び止める。

「もうお帰りですか？」

「——これを志宝に渡しておいて」

衣の包みを押しつけるように渡すと、足早に門を出た。

青嘉の目——雪媛を見つめるあの瞳。

冷えた空気に、白い息がはらはらと溶けていった。

三章

屋外に設けられた舞台の周囲には、立錐の余地もない。蒼天の下、人々は期待に満ちた表情を浮かべ、温かい飲み物や軽食を売る男がその合間を縫って歩く。

鐘が打ち鳴らされる。開幕の合図だった。

舞台後方の幕の向こうから男が現れる。わっと拍手と歓声が上がった。

龍の刺繡が入った衣を纏った男は、皇帝を表していると皆了解している。苦悩に満ちた表情で頭を振った。

「ああ……高葉国の軍が都に迫っている。我が国の将軍たちはことごとく敗北した。このままではこの美しい国が汚され、民は苦しみ、余も命はないであろう」

そこに笛の音が聞こえてくる。

「――陛下、わたくしが天に祈りを捧げましょう」

張りのある声が響いた。しかし舞台から聞こえたのではない。

観客たちははっとして背後を振り返った。

いつの間にかそこには、観客を挟んで舞台に相対する人影があった。真っ赤な薄布を頭から被り笛を吹いている。人影はおもむろにその薄布を取り払った。

現れたのは、金の簪を揺らし雪のように白い衣を纏った絶世の美女だ。

「きゃあああ！　月怜様ぁー！」

悲鳴のような女たちの黄色い歓声が響き渡り、男たちもまた手を打ち、「待ってました！」と声を上げる。女形役者、呉月怜は真っ赤な紅を引いた唇で妖艶に笑い、観客が避けるように開けた道を優雅な足取りで舞台へ進んでいく。

「陛下、この柳雪媛が天に祈り、この国を救ってみせましょうぞ」

「いやしかし雪媛、いくらそなたでも無理だ。天が敵に雷を落としてくれるわけではあるまい」

最近流行りの舞台は、なんといっても神女と呼ばれる柳雪媛を題材にした物語だった。高葉国の軍勢を神通力で蹴散らし、彗星を呼び高葉帝の命を奪って国を救ったという評判は都で知らぬ者がない。

初めて舞台を観た男が、惚けた顔で隣の観客に尋ねた。

「なぁ、すごい別嬪だが、あれは本当に男かい」

「当たり前だろ、女は舞台に上がれないんだから」

この国の演劇において、役者といえば男であった。女が舞台に上がり演じることは固く禁じられている。女役を演じるのは、女形の男である。

「いやしかし、どう見ても女じゃないか。あんな美女、見たことがないぞ」

すると尋ねられた男は訳知り顔でにやにやと笑った。

「それが呉月怜さ。本物の女よりも美しい……ってね」

月怜は舞台へ上がると、楽の音とともに舞を舞い始めた。柳雪媛が祈禱を行っているのだ。天に向かって手を伸ばし、時折悩ましげな視線を観客に向ける。

男も女も皆うっとりとその姿を見つめていた。

「――呉月怜！」

突然、野卑な声が空気を切り裂いた。

最前列にいた観客の中から男が一人、わっと舞台に向かって飛び出してくる。手には短刀が握られていた。

周囲から悲鳴が上がる。男は一気に舞台に飛び乗ると、中央で舞う月怜に向かって刃を振り下ろした。娘たちは金切り声を上げて袖で顔を覆った。真っ赤な血が白い衣を汚し、月怜がその場に倒れ込む光景を誰もが脳裏に描き戦慄する。

ところが、襲い掛かった男はその身を回転させるようにして宙を舞い、そのまま舞台に頭から落下した。月怜が男を組み伏せる。短刀が弾けるように飛んだ。

わぁっと大歓声が沸き上がった。

「こいつを縛り上げろ！」

月怜が叫び、裏方の男たちがわらわらと舞台へ登って男の手足を押さえつけた。それを見届け、安心したように月怜は息をついて立ち上がる。

「月怜！　月怜！」

鳴りやまぬ拍手と歓呼の中、月怜はにっこりと笑みを浮かべて手を振り、彼らに応えてやる。

縄で縛られた男がぎりぎりと歯ぎしりしながら叫んだ。

「くそっ、その顔を切り刻んでやる！　お前のせいで……俺は、すべてを失ったんだ！」

月怜は男を見下ろし首を傾げた。

「お前に会ったことなどないぞ」

「人の女を誑かしやがって！　あいつは、俺と夫婦になると約束してたのに……！」

月怜は肩を竦めた。

「ああ、気の毒になぁ。しかし……どの女のことだ？　数が多すぎてわからんな」

そう言って笑い、屈み込むと男に顔を寄せ、ついとその顎に指をかけた。

「気にするな。顔で男を選ぶ女なぞろくなものではないぞ。夫婦になる前にそれがわかってなによりじゃないか。――もっといい女を探せ」

艶やかな微笑みを浮かべ、潤んだ黒い瞳で見つめてやる。先ほどまで怒気を孕んでいた男の表情がふやけて、とろんとした目で頬を染めていくのがわかった。くすりと笑うと月怜は立ち上がり、観客に向かって頭を垂れる。

「お騒がせいたしました。皆様、お怪我はありませんか」

さらに大きな歓声が上がる。

「月怜！　月怜！」

「よっ、都一の女形！」

黄色い声の娘たちは飛び跳ねて手を振っている。中にはのぼせすぎて意識を失う者もいて、周囲の人々が慌てて支えてやっていた。

結局この日の舞台は中止となり、男は役人の手に引き渡されていった。

「月怜、大丈夫？　怪我してない？」

舞台裏に戻ると、衣装係の柏林が駆け寄ってきて心配そうに月怜を見上げた。十七歳の柏林は小柄で、月怜より頭二つ分くらい背が低い。

「大丈夫だ。お前の作った衣装には、傷ひとつつけてない――うぇっ」

ぐいっと両手で顔を挟まれ、月怜は目を瞬かせた。

「衣装なんていいから！　よく見せて！」

検分するように顔やら体を確認し、ようやくほっとしたように胸を撫で下ろした。

「大丈夫だって言ったのに……」

「月怜はいい加減に大丈夫って言うから信用できないんだよ。この間だって、足を傷めてたのに隠して稽古してただろ」

月怜は衣装を脱いで化粧を落としながら、柏林の小言を聞き流す。身支度を整えると、さっさと出ていこうとしたので柏林がその袖を引いた。

「あ、ちょっとどこ行くの？」

「用があるから出かけてくる」

「事情を聞きたいから役所に来いって言われてただろ！　座長が待ってるよ！」

「約束を破る野暮な男にはなりたくないんでね」

「……また女のところ？」

軽蔑の色を浮かべる柏林に、月怜は笑った。

「夜には帰るから。飯はいらない」

「あの金持ちの若後家のとこ？」

「いや、今日は新しい女だ」

「また増えたの？　今だって数えられないほどいるくせに」

「一人には絞らない主義だからな」

「本当に刺されるよ、そのうち」

「じゃ、行ってくる」

「あ、待って月怜」

柏林の手が伸びて、ゆるく胸元が開いて見えている襟（えり）をぴしりと整え、帯を結び直す。

「まったく、子どもみたいにだらしがないんだから。身なりくらいはちゃんとしなよね」

月怜はしばらく柏林を見下ろして、やがてふっと口許（くちもと）をほころばせた。

「……お前に直してほしくてね。わざとやってんの」

「何その言い訳。適当なだけのくせに」

「じゃー行ってくる」

月怜が裏手から外に出ると、出待ちをしていた娘たちがきゃあっと騒ぎだした。

「月怜様！」

「月怜ー！」

瞬時にわっと囲まれた月怜は、にこやかな笑顔を向けた。

「今日はすまないな、中途半端なものを見せて」

「怪我はないの、月怜？」

「とっても怖かったわ！」

「月怜様の勇敢なお姿、素敵でした！」

すると月怜は一人の娘をそっと抱き寄せ、「心配してくれてありがとう」と耳元で囁いた。顔を真っ赤にした娘は倒れそうになり、友人たちが支える。

さらにもう一人、別の娘の手を取り、その甲に口づける。

「怖かっただろ？　怪我しなかった？」

「は、はい……」

娘は蚊の鳴くような声で返事をすると、その場に崩れ落ちた。周囲から羨望の声が上がる。

「皆の声援のお蔭で、また頑張れるよ。明日の舞台を見に来てくれ」

月怜は彼女たちに手を振って、大通りへと足を向けた。

そうしてぶらぶらと歩きながら目的の門を潜った。尚書令である独護堅の屋敷だ。

「奥様は？」

下男に声をかけると、すぐに奥へと通された。

女主人は月怜を見ると目を輝かせる。念入りな化粧に身を飾る宝飾品、大きく開いた胸元――彼女が月怜をどれほど待ち焦がれていたかが見えるようだった。独護堅の正妻である仁蟬だ。

「月怜。待っていたのよ」

「奥様にご挨拶を。――今日は演目の詳細を詰めたいと思いまして、いくつか題材を考えてきました」

仁蟬は、近々開く宴での余興に月怜の一座を招待したいと申し出ていた。今日はその打ち合わせ、というのが、表向きの訪問理由だ。

「旦那様はお出かけですか？」

「皇宮へ行っているわ」

「独賢妃様がご懐妊されたと聞きました。おめでとうございます」

「お前、それは嫌味のつもり？」

不愉快そうに息を吐いた。

「まったく、嫌になるわ。娘が懐妊したからと、あの卑しい女がまた大きな顔をし始めて……」

正妻である仁蟬と、独賢妃の母である第二夫人との仲は最悪なのだ。月怜はいつもその愚痴を聞かされている。ああだこうだと延々不満や悪口をまき散らす女の唇に、そっと指を押し当てた。

「奥様、そんな険しい顔をなさっては、せっかくの美しさが台無しです」

「月怜……」

仁蟬の目は少女のように輝き、熱を帯びる。

「私といる時は、どうか嫌なことはすべて忘れてください……」

女の手を引いて腰を抱き寄せる。

財は有り余っているはずだ。搾り取れるだけ搾り取ろう。胸に頬を寄せる女を見下ろして、呉月怜こと司飛蓮は暗く笑った。


飛蓮が家に帰ったのは夜も更けた頃だった。翌朝、起きるとすでに日が高く柏林はとうに家を出ていた。

顔を洗って部屋を見回す。二人で暮らすこの借家は、飛蓮が月怜として受け取った最初の報酬で借りたものだ。一座の稽古場に寝泊まりしていた柏林を誘って、ここで一緒に暮らそうと言った。

床板をひとつ外す。床下には、ぎっしりと金が詰まった箱を隠してある。そこへ昨日仁蟬から受け取った金を入れた。

都に戻ってからというもの、父の謀反についてできる限りの手を使って調べた。父を訴えたのが独護堅であったこと、そしてあの事件の後すぐに、父の後釜に独護堅が就いたこと、今は娘が皇帝の妃となり権勢をふるっていること――。

仁蟬だけでなく、第二夫人である詞陀もまた、飛蓮の『客』である。独護堅の動向は、この二人からいくらでも伝わってきた。

（――必ず報いを受けさせてやる）

家を出て裏町を通ると、顔見知りの飴屋が声をかけてきたので一袋買い込んだ。このあたりでは都へ流れてきた貧しい人々の姿が多く目につく。その中を悠々と通り過ぎる飛蓮に、わらわらと子どもたちがついてきた。

「月怜、ほら、葛をこんなに採ってきた」

「おー、こりゃすごい。いい品だ。こんなに集めて、随分大変だっただろ」

がんばったな、と頭を撫でてやると、少年はくすぐったそうに笑う。

「角の薬屋に持っていけ。俺からの紹介って言えよ、高く買い取ってくれる」

「月怜、お花は？　女の人に持っていくのに必要でしょ？」

花売りをしている少女が、籠（かご）から白い花を差し出した。

「そうだな、もらうよ」

そう言って金を渡すと少女は、「ねえ、ちょっとしゃがんで」と笑った。言われるがままにしゃがむと、少女は山茶花（さざんか）の花を一輪取り出し、飛蓮の髪に挿（さ）した。

「いつものお礼！」

飛蓮は笑った。

「ありがとな。似合うか？」

「似合う似合う」

「えー、男が髪に花なんかつけて、変だよ」

他の少年が言うと、周囲の子どもたちが反論する。

「月怜はいいんだよ」

「そーそー。おんながた、だから」

「月怜は綺麗だもんー」

飛蓮は笑いながら、一番年長の少年に声をかける。

「お母さんの具合はどうだ？　この間また熱出したって？」

「うん、でも随分よくなった」

この少年には、飛蓮と柏林の住む家の掃除や小間使いを頼んでいる。その代わり、病気の母親の薬代はすべて飛蓮が用立てていた。

「そろそろ行かないと。……ああ、これやるよ。貰い物なんだけど、俺じゃ食べきれない。みんなで分けろよ」

飛蓮は懐から飴の入った包みを取り出すと少年にぽんと渡した。

彼らに別れを告げて稽古場に向かう。中へ入ると、座長が興奮した様子で何事かを皆に叫んでいる。

飛蓮に気づいた座長は、目を輝かせて飛びついてきた。

「うわっ、なんだよ」

「やった！　やったぞ月怜！　ついに俺たちにも運が巡ってきた！」

腰抜かすなよ、と座長は不敵な笑みを浮かべる。

「俺たちが――皇帝陛下の前で芝居をするんだ！」

「……皇帝の前で？」

「そう！　陛下が寵姫である柳貴妃様の誕生日に、宴を開くそうなんだ。その余興として、俺たちに芝居を披露せよとの命が下った！」

座員たちから喜びの声が上がる。

「それもこれも月怜のおかげだ。お前が来てからうちの評判はうなぎのぼり。客は増える一方、そしてついには陛下のお声がかかるなんて！　……数年前には考えられなかったことだ。柏林がお前を連れてきたのは、本当に幸運だったなぁ」

四年前、村を出て行き倒れていた飛蓮を見つけ、世話を焼いてくれたのは柏林だった。衣装係見習いをしていた柏林の仕事場へ顔を出した時、座長に役者をやってみないかと声をかけられた。

（一回だけのつもりだったが……）

恩返しのつもりで出た公演が評判を呼んだ。本名は明かせず、とっさに名乗った偽名（ぎめい）がそのまま役者名となった。当時はどさ回りをしていたこの一座も、二年ほど前から都を本拠地として活動している。今や呉月怜は、都で知らぬ者のない人気役者だ。

幼い頃に過ごした都に入ることには躊躇（ちゅうちょ）したが、子どもだった飛蓮のことを知る者がいても、今の自分が同一人物であるなどと思うはずもない。

「それで座長、演目は？」

「陛下は『牢破りの男』をご所望（しょもう）だそうだ」

（牢破りの男――古典だな）

それは現王朝の始祖の物語だった。歴代君主たちは、偉大なる祖先への敬意を表するためにこの演目を好む。

「というわけで、主役はもちろん、我が一座の看板俳優、張暁道（ちょうぎょうどう）！」

先日の舞台でも皇帝役を務めた暁道が、おお、と拳（こぶし）を握って立ち上がる。長身で逞（たくま）しい体軀の見栄（みば）えのする男で、激しい立ち回りには定評があった。

「そして王女役は、都一の美女、呉月怜！」

皆の拍手の中、柏林が紅潮した顔で飛びつく。

「月怜！　皇帝陛下の前で演じるなんて、信じられない！　僕の作った衣装を、陛下や柳貴妃（きひ）が見るんだよ！」

「ああ……」

複雑な心境で、飛蓮は喜ぶ皆の様子を眺めていた。

（皇帝陛下……）

飛蓮の父を流刑（るけい）にしたのは前の皇帝である。現皇帝はその息子だ。

飛蓮にとって皇帝とは、周囲の言葉に乗せられて右へ左へと踊らされる中身のない人間だ。父の罪について、本当に細部まで調べたのだろうか。謀反という訴えに、本当に信ずるに足る証拠はあったのだろうか。何より、長年仕（つか）えた父と司家の忠節を、何だと思っていたのか。

(真実など不要なんだろう……重要なのはそういうことじゃない)

あの高い城壁の向こうにいる人々にとって重要なのは、どうすれば自分が力を得られるかということだ。力がなければ、生きていけないからだ。

「さぁお前たち、この舞台、絶対成功させるぞ。気に入られれば、宮廷お抱えの一座になれるかもしれねぇ」

「陛下はどういう趣向がお好みなんだろうな」

「いや、いや、陛下よりも重要なのは柳貴妃様さ！　なんでも、陛下は貴妃様の言うことには決して反対されないそうだから、貴妃様の目に留まるように考えなくっちゃ。——月怜」

「え?」

ぐいと肩を組まれ、飛蓮は眉を寄せた。

「都中の女を虜にする色男、頼りにしてるぞ。貴妃様にはいつも以上に流し目で頼むぜ。貴妃様の心が摑めればお前の道も今以上に開ける！」

「んー、でも俺……王女役だよね?　むしろ陛下のほうを釘付けにしちゃうかも。そしたらついに俺も後宮入りかなー」

周囲からどっと笑い声が弾ける。

「お前が後宮に入ったら、後宮中の女がお前のものになっちまうだろ！」

皆がけらけらと笑っている。

(柳貴妃……神女と称される寵姫……次期皇后)

それは、この国一の女と言って間違いのない存在だ。

(皇帝も、その言葉には逆らわない、か……)

にやりと笑みが浮かんだ。

「さぁ準備を始めるぞ！」

座長が手を叩く。

途端に、どん、と誰かが肩にぶつかった。女形役者の一人、呂檀だ。

「悪い」

「……いや」

悪いと言っておきながら、表情にはそんな気持ちは寸毫たりとも浮かんでいなかった。不愉快そうな目でこちらを睨みつけると、呂檀はそのままさっさと行ってしまう。あからさまに自分への敵意を見せられ、飛蓮はため息をつく。王女役に選ばれなかったことが悔しいのだろう。

飛蓮よりも年若い呂檀は最近頭角を現してきた女形で、実力は十分にある。飛蓮の存在が目障りでしょうがないのだ。

「……感じ悪っ」

見ていた柏林がむすっとした顔で呟いた。

「気にするな」

「ねぇ、さっきから気になってたんだけど、なんで頭に花挿してるの？」

「ん？　ああ……女にもらった」

嘘ではなかった。

「ふーん」

柏林が冷たい目でこちらを見るのが可笑しくて、飛蓮はくつくつ笑った。

「ねぇ、本当にさ、女遊びはやめたほうがいいって……昨日みたいなことがまたあったらどうすんの」

「そうだな、やめるかも」

「え、本当に？」

「……今度の舞台が、上手くいったらな」

飛蓮はそう言って、ぽんと柏林の頭を叩いた。

（柳貴妃を——この国一の女を落とせたら……）

どこまでも続く高い壁、門、その向こうにまた幾重もの門と建物。

飛蓮が都で暮らしていた頃、幼かった双子が皇宮を訪れたことはない。父がいつも通う姿を見送るだけだった。その同じ場所に今、自分も足を踏み入れたと思うと、少し心が疼いた。

（父上もこの道を歩いたんだろうか……）

迷路のような宮城の中、石畳の上を歩きながら飛蓮は感慨にふけった。今日は随分と冷え込んでいる。そろそろ冬も本番だ。

（このどこかに皇帝がいる——こんなだだっ広い牢獄のような場所にいれば、目も曇るだろう）

飛蓮たち一座には大きな部屋が与えられ、皆そこで衣装に着替えたり小道具の準備を始めた。

「き、緊張してきた……」

端役の男が体を震わせる。

「陛下の前で台詞(せりふ)を噛んだり、動きを間違ったら――」

「手が震えて拍子(ひょうし)を間違えそうだ……」

　太鼓奏者はそう言って、ふうふうと深呼吸しながら落ち着かない様子でうろうろしている。

「粗相(そそう)を働けば、打ち首かな……」

「まさか、棒叩きの刑くらいだろ……」

「おいお前ら！　陛下の御前だからと気を張っているんだろうが、いつも通りでいい！　俺たちはいつだって最高だ。そうだろう？」

　座長が威勢のいい言葉で励ますが、誰も耳に入らない様子だった。何よりそう言っている座長こそが、しかめ面(つら)のままずっとかたかたと貧乏ゆすりをしている。

　柏林は飛蓮の着付けを手伝いながら、呆(あき)れたように彼らを見回した。

「ちょっと皆、俺の衣装が映(は)えるようにいい立ち回り頼むよ。この日のために徹夜して作った力作なんだぞ！」

　柏林の手がけた衣装はいつも、伝統的な装束(しょうぞく)とは少し異なっていた。左右が非対称で、色使いも斬新だ。本人曰(いわ)く、「非現実を表現している」ということだったが、その目新しさは民衆に大いに受けていて、最近ではそれらの衣装を模した着物も出回っている。

「さっき宮女を捕まえて聞いてみたんだが、今日の宴には柳貴妃だけでなく後宮の女たちもこぞって参加するらしい。後宮の美姫たちだ、さぞ粒ぞろいのいい女だろうなぁ」

皆に聞こえるように、飛蓮は言った。

「後宮の女が皆、俺たちを見に……？」

「塀の中に押し込められた女たちにとって、外から来た男はさぞ新鮮だろうよ。お前たちにも熱い視線が注がれるはずだ。――もちろん、俺の次に、だけど」

笑い声と「わかってるよ！」と野次が飛んだ。

「しかしなぁ、その宮女の話では、所詮は田舎者の集団、野暮ったく垢抜けない芸を見せられるのだろうと皆で噂しているそうだ。皇宮に出入りする洗練された芸人たちを見慣れた女たちからしたら、素人芝居だろうと」

「……なんだと？」

座長が眉を寄せた。

「期待なんかされてないんだよ、俺たちは。女たちからしたら、いつもと毛色の違う芸を見てこき下ろすのを楽しもうっていう趣向だ。緊張するだけもったいないぞ」

「――俺たちが素人芝居？」

主役を務める暁道が不愉快そうに表情を歪めた。

「馬鹿にされたもんだな」

「ああ、こんな狭い世界に囲われて、世の中を知らないのさ」

「お上品な芸しか見たことのない澄ました女たちを、舞台に釘付けにしてやる!」

「そうだそうだ!」

声を上げ拳を振り上げる座員たちの様子に、飛蓮は苦笑する。緊張はだいぶ和らいだようだ。

(実際、柳貴妃だってそう思って観に来るはず……それこそ俺に視線を向けさせないと……)

「──月怜」

着替えを終えて化粧を施していると、珍しく呂檀が声をかけてきた。

「ちょっといいか」

「ああ……」

呂檀は周囲の騒がしさに目を向け、「外へ」と言うので、飛蓮は立ち上がり連れ立って部屋を出た。いつになく表情が固い呂檀に、飛蓮は笑って言った。

「どうした? お前も緊張してるのか?」

呂檀は今日の演目で王女の侍女を演じる予定だ。

「……まぁね。何しろ皇帝の前で演じるんだもの。月怜はいつも通り余裕そうだけど」

「そんなことは……」

ない、と言おうとした途端、後頭部に衝撃が走った。目の前がくらくらし、立っていられない。

「──早く運んで！」

呂檀が焦ったように誰かに命じている。倒れそうになる身体を何者かに担ぎ上げられ、飛蓮はどこか暗い場所へと放り込まれた。扉が閉まり、閂をかける音がする。

「なぁ、こんなことして本当に大丈夫か？」

「座長に見つかったら……」

「馬鹿。舞台さえ奪えればこっちのものさ。僕の演技で陛下が満足されれば、誰も僕のことを非難できなくなる。座長だってそうだ」

飛蓮はよろよろと体を起こし、どん、と扉を叩いた。

「……呂檀？」

扉を押すが、動かない。

「おい……！」

すると、呂檀の嬉々とした声が聞こえてくる。

「月怜、公演が終わるまでそこでおとなしくしていてよ。安心していい、俺がちゃんと王女を演じて陛下からの喝采を浴びるから」

遠ざかっていく足音が聞こえる。

「——呂檀！　おい呂檀！」

何度も扉を叩く。

しかし、やがて周囲からは何も聞こえなくなった。

まるで極楽浄土のようだ、と目の前の景色に柏林は嘆息する。

初めて足を踏み入れた皇宮は、無限に建物が連なり、広大な庭、高い塔が立ち並んでいる。赤に緑に、目が眩むほどの色と装飾の洪水だった。

「どこ行ったんだよ、月怜……もう宴が始まっちゃう」

いつまで経っても控室へ戻らない月怜を呼びに来た柏林だったが、近くを探してもその姿が見つからない。座長になんとか時間を引き延ばしてもらうよう頼んで少し足をのばして探し回っていた。しかしこうも果てしない空間では、いったいどこまで探したらよいものかわからない。

「月怜ー！」

（まさか、宮女を誑かしてどこかでよろしくやっているんじゃ……）

ありそうな状況を想像し、柏林はため息をついた。

月怜という存在は、女たらしという言葉そのものだった。月怜に見つめられ甘い言葉を囁かれれば、女は皆瞬時に心が奪われてしまう。ところが不思議なことに、月怜は決して女が好きなわけではない──と、柏林は思っている。

彼が女を見る時、目はとても冷めている。自分に夢中になった女を見ても、嬉しそうでも満足そうでもない。むしろ時折、どこか憎悪の対象のような──そんな気配を感じることすらあった。

（だったらあんなことやめればいいのに）

ため息をついて、周囲を見回す。ふっと人影が横切るのが見えた。

月怜の衣装の色に思えて後を追う。人影は奥まった小さな建物に入っていく。扉が閉まるのが見えた。

柏林はそっと扉にとりついて耳を澄ませた。まさかここで本当に、宮女と密会しているのだろうか。

「──まだ迷っていらっしゃるのですか？」

男の声がして、柏林は息を詰める。

「近々陛下と貴妃は、先帝の陵墓へ赴きます。付き従う者は少なく、護衛も最低限。これを逃せば、このような好機はまたとありません」

「しかし……」

静かに扉を少しだけ開いた。

中は書庫か何からしい。いくつも並んだ棚の合間に人の姿が見えた。男が二人、額を寄せて何事かを話している。

(なんだ、月怜じゃない)

一人は相当に身分の高い人物だと思われた。高級な素材がふんだんに使われたその衣に、柏林はついつい目が釘付けになる。自分の作る衣装とはまた違い、伝統と格式に裏打ちされた確かな様式美がある。

(見事な刺繡……それにあの佩玉、琅玕じゃないか……)

「この国を救うことができるのは、もはやあなた様以外にはおられぬのです。陛下は病弱で異民族の貴妃の言いなり。他国が虎視眈々と侵略の機会を窺っているこの時、我が国にはより強い指導者が必要です」

そもそも、と男が畳みかける。

「殿下は陛下の兄君でいらっしゃいます。長子が親の跡を継ぐのがあるべき姿」

「だが私の母は身分が低い。重臣たちは私に従うのか」

「もちろんです。重臣の皆様がたは不安を感じています。だからこそ蘇大人は私を都へ呼び寄せたのです」

「……では、蘇高易も私に味方すると？」

「蘇大人は今、陛下から厳しい目を向けられております。環王とご息女の縁談であらぬ疑いをかけられ苦しんでいるのです」

「あれは……陛下が穿ちすぎなのだ。猜疑に過ぎる」

「さすがは殿下。私もそう思います。同腹の弟君に対してすらあのように疑いの目を向けていらっしゃるのです。異母兄の殿下に対してはいかばかりか……」

（なんだ、こいつら……）

内容の不穏な様子に、柏林は及び腰になった。

「武器は私が揃えましょう。こうするしかないのです。陛下と柳貴妃……その二人が消えれば、この国の皇帝はあなたです……昌王様」

かたり、と扉が音を立てたので、柏林ははっとした。

男たちがこちらに目を向ける。

慌(あわ)ててその場を離れ、駆けだした。

「――追え！」

後ろからそう叫ぶ声がする。いくつかの足音が追いかけてくるのがわかった。ちらりと肩越しに見ると、兵士の姿が迫ってくる。

息を切らして狭い道に入り込む。しかしそこにあったのは倉庫と思われる建物で、行き止まりになっていた。

（どうしよう、どうしよう！）

「――誰か！　誰か！」

その時、月怜の声がして、柏林は驚いた。

「月怜⁉」

柏林は倉に向かって声を上げた。

「誰か、開けてくれ！」

急いで門を引き抜く。途端に扉が開いて、中から月怜が飛び出してきた。

「柏林！　助かった……」

「こんなところで何してるのさ⁉　探したんだよ！」

「悪い、話は後だ。早く宴に――」

「――どこへ行った！」

兵士たちの声が聞こえ、柏林はどきりとする。急いで生垣の中に月怜を押し込め、自分も続いて身を潜めた。二人の兵士が姿を見せ、倉庫の中を覗き込む。いないと判断したのか、周囲を見回してから道を引き返していった。

息を殺していた柏林と月怜は、兵士たちがいなくなったのを見届けて視線を交わす。

「……行った？」

「行った」

ようやくがさごそと立ち上がる。

「おい、なんださっきのやつらは？　お前何かしたんじゃ……」

「月怜、それより早く戻ろう！　出番が来ちゃうよ！」

柏林は月怜の手を引き、周囲を警戒しながら宴の行われる中庭へと走った。皇帝の天覧舞台に遅刻するなど、それこそ打ち首かもしれない。

楽の音が聞こえてきて、柏林と月怜は息を切らしながら立ち止まった。

宴の会場になっている回廊に囲まれた広い中庭は、一面に真っ白な石が敷かれていて、中央部は階段状の高い舞台になっている。その正面には豪奢な椅子が置かれており、そこに座っている青年が皇帝その人だろう。周囲には幾人もの侍従や宮女が侍っている。

さらに舞台を囲むのは色とりどりの衣を纏った華やかな美女たちだった。恐らくそれが後宮の住人たちだ。

舞台の上に、一人の女性が立っているのが見えた。煌めく剣を持って。


飛蓮は目が離せなくなった。

柔らかな薄青の衣が揺れる。両手に持った短剣が、日の光を反射させながら夢幻のような輝きを放ち、彼女を極彩色に彩った。とん、とその体が毬のように高く舞い上がり、楽に合わせて身を揺らす。

女形を務める飛蓮だけあって、女らしい立ち居振る舞いには見識がある。だが目の前で披露されている剣舞は、女らしいたおやかさよりも凛として勇ましい。それでいて、決して男勝りというわけではない。

圧倒的に強く美しいものだった。

指先まで神経を研ぎ澄ませているのがわかる。剣の先にまで命が宿っているようだった。

くるくると独楽のように回る女の姿を、誰もが目で追う。

その視線をすべて受け止めるように、女の瞳が閃いている。

　その時、ちらちらと白く輝くものが視界に映り込むことに気がついた。それが何か一瞬わからなかった。

（――雪？）

　空を見上げる。細かく小さな結晶が羽根のように舞っていた。感嘆の声がそこここから聞こえてくる。まるで舞で雪を呼び寄せたようだった。白い雪の向こうから、女の目が飛蓮を射た。肌が粟立ち（あわだ）心臓が跳ねる。蜘蛛（くも）の糸に搦（から）め捕（と）られたように、身体が固まる。

　女は楽の音に合わせ、大きく飛ぶように前に出る。剣が弾く光はその軌跡で輝く一本の線を曳（ひ）いた。

　次の瞬間、弧を描いて煌めく切っ先が、一瞬にして皇帝の喉元（のどもと）に突きつけられていた。

　はっと息を呑む声が会場中から上がる。

　楽の音が止（や）み、あたりはしんと静寂（せいじゃく）に包まれた。

　驚きに目を見開いて身動きできないでいる皇帝に向かい、女はにっと笑った。すうっと流れるような所作（しょさ）で剣を引き、その場に跪（ひざまず）く。

　その途端、皇帝は立ち上がって大きく手を打った。

「見事である！」

　わっと喝采が上がった。

女は振り返り、皆にも一礼した。もう先ほどのような気迫は感じさせず、にこにこと気軽な様子で笑っている。

「――月怜！　どこ行ってたんだ！」

座長が駆けてきて、飛蓮の手を引く。

「早く準備しろ！」

「座長、あれはいったい――」

「感謝しろよ。お前がいないから芝居を始められなくて、陛下が大層ご機嫌を損(そこ)ねたところを、柳貴妃様が場を繋(つな)ぐと言って特別に剣舞を披露してくださったんだ！」

「……柳貴妃？　あれが？」

「早くしろ！　――おい皆、月怜がいたぞ！」

舞台裏に入ると、皆がほっと安堵(あんど)した表情を浮かべた。ただ一人、呂檀だけがぎくりとしたように青ざめる。

「いやー、もうこのままだと代役で呂檀に出てもらうしかないと思ってたんだが。柳貴妃様のお蔭で首が繋がった」

化粧をして王女の衣装も着込んだ呂檀は、悔しそうに目を逸(そ)らす。

「さぁみんな、出番だ！　柳貴妃様のご恩に報いるべく、最高の舞台にするぞ！」

おお、と皆声を上げる。

太鼓が打ち鳴らされ、開幕を告げる。いつの間にか雪は止んでいて、まるで本当に柳雪媛のためだけに降ったかのようだった。

幕の間からそっと様子を窺うと、皇帝の隣の席についた先ほどの女――柳貴妃が、杯を片手に談笑しているのが見えた。

「月怜、出番だぞ！」

促(うなが)され舞台に上がろうとした飛蓮に、柏林が「待って」と声をかけた。

「月怜、耳飾りが片方ないよ！」

「え？」

言われてそっと耳に手を当てる。確かに右側だけなくなっていた。

「どうしよう、どこかで落としたのかな……ええと、代わりのものを」

「いい。このままいく」

「でも」

「大丈夫だ」

演劇『牢破りの男』は、王女の歌と舞から始まる。

飛蓮は舞台へ足を踏み出した。

（皇帝――そして、柳貴妃）

正面に座る二人を見据え、飛蓮は歌い始める。

幾人もの求婚者が現れたが王女はすべて断ってしまう。自分に最も相応（ふさわ）しい愛（いと）しい人にはいつ会えるのかと憂（うれ）う歌だ。そこへ、不思議な男の話が聞こえてくる。何度牢に入れられても出てきてしまうという、牢破りの男の話だった。王女は興味を引かれ、その男に会いたいと願う。

皇帝の様子を盗み見ると、育ちのよさそうな青年は惚（ほう）けたような顔をしていた。

「……あれは本当に男か？」

と侍従に確認しているのがわかる。

内心でほくそ笑み、意味ありげに皇帝に流し目を送った。すると皇帝はどぎまぎとして咳払（せきばら）いし、酒を飲み干す。

（独賢妃はこの中にいるのか？）

父を追い落とした独護堅の娘は、皇帝の妃となっている。皇后（こうごう）を毒殺し、軟禁されていたが、今は懐妊して復位したと聞いた。

（父娘（おやこ）揃って、邪魔者は汚い手段でもって消すんだな……）

見たところ妊婦らしき女は見当たらない。

やがて主役の暁道が登場し、誰もが知る口上となった。

「――この国は私が壊した牢のごとく、破りやすいものでございます」

父王の傍でそれを聞いている王女役の飛蓮は、ちらりと雪媛の様子を窺った。

満足そうに舞台を眺めている。だが、他の女たちのように飛蓮を目で追ったりはしていない。むしろ彼女が見ているのは主役の暁道のほうだった。

ひどく悔しい気分になった。

（あの目をこちらに向かせたい――）

先ほどの剣舞で見せたきらきらとした目が――剣を突きつけた皇帝に向けた目とその切っ先が――こちらに向いてほしい。

やがて舞台は大団円を迎える。

役者たちは皆、皇帝に向かって頭を垂れた。皇帝は手を打って喜んでいる。

「見事であった、満足である！　今まで見たいずれの『牢破りの男』の中でも傑出した出来栄えだ！」

最高の賛辞に、座長は恐縮しながらも嬉しさに感極まって舞台に額を擦りつける。

「いかがであった、雪媛」

感想を求められた柳雪媛が同意するように頷く。

「衣装も演出も凝っていて斬新です。役者も皆素晴らしく……特に、王女役は真の女人かと見まごう美しさで、陛下の目が釘付けでした。わたくし少し妬けてしまいそうですわ」

くすくす笑う雪媛に、皇帝が少し気色ばんだ。

「何を言う」

「あら、頬を染めていらっしゃいましたでしょう?」

「それは……その、歌と舞が見事であったからだ」

仲睦まじい二人の様子に、周囲からも好意的な笑みがこぼれた。

「王女役の役者をここに。陛下の御心を惑わした罰を与えねばなりません」

雪媛が笑いながら言う。

飛蓮は静々と二人の前に跪いた。

「名は?」

「――呉月怜でございます」

すると雪媛は立ち上がり、飛蓮の前に膝をついた。瞬間、ふわりと彼女の香の匂いに包まれた気がした。

おもむろに、自分の耳飾りを右側だけ外してみせる。その手が伸びてきて、耳飾りを飛蓮の空いた右耳につける。微かに触れたその手の温度に、心が跳ねた。

「見事な舞台であったので褒美をつかわす。わたくしの耳飾りです。――ただし、陛下のお心を奪った罰として、片耳分だけ」

そう言っていたずらっぽく笑い、つけてやった耳飾りをひとさし指でついと揺らした。

そのまま、指が飛蓮の頰を撫でるように掠める。

一瞬、視線が絡み合った。

漆黒の瞳は、底なしに思えるほど深い。

ぞくりとした。

ただこの女を自分のものにしたいと――初めて、そう思った。

四章

火鉢(ひばち)の中で、炭が爆ぜる音がする。

「先日、親戚から手紙がまいりました」

雪媛の膝(ひざ)の上に頭を乗せ、碧成(へきせい)は目を閉じてまどろんでいた。子どものように身を丸め、心地よさそうに雪媛の体温を感じている。自分の頭を撫(な)でる雪媛の手の温(ぬく)もりに安らぎを感じながら、彼女の言葉に耳を傾ける。

「北の田州(でん)におります遠縁からです。北部はこの秋、異民族の侵入が多く苦しんでおりました。収穫した穀物を奪われ、民(たみ)が攫(さら)われ――辺境を守る我が軍も難儀しております。その折、民のために役所の倉から出した米は僅(わず)かで、これを出し渋る者も多かったとか」

「……それが真ならば、よく調べ罰せねば」

碧成は眉を寄せた。

「そんな中、田州のある県令だけは倉にあるすべての食料を、公平に民へ分配したそうでございます。それだけではなく、自身の私財を投じて私兵を雇い、警備を強化させたと」

「その者は役人の鑑だな。そういった人材こそが必要だ」

「ですがそういった者は、周囲からはよく思われないのが世の常。州内で一カ所だけがそのような対応をしては、余所が誇られますもの。人の心とは、難しいものです……」

雪媛はそっとため息をつく。

「それでも、お蔭でこの冬を乗り越えられる民が多くいることは喜ばしいことですわ」

「そうだな……国の隅々まで目を光らせることは難しい。領土を広げれば尚更だろう。近々、監察制度を見直さなければならぬと思っているのだ」

「……春になれば、高葉へ出兵を？」

「そのつもりだ。そしてそなたの正式な皇后冊立もな」

碧成は手を伸ばし、自分を見下ろす雪媛の頰を撫でた。

「待たせてすまない。予定より遅れているから、急ぐようにと強く命じてはいるのだが……最も相応しい吉日も選ばねばならぬし」

「旅に出るにも、計画している時が一番楽しいものです。わたくしはこの時間を楽しんでおります、陛下」

雪媛の腰に手を回し抱き締める。

立后式は準備に不手際が多く日取りが延びている。彼女には申し訳なく思っていた。皇后に迎えると言いながらこれまで散々待たせてきた雪媛を、さらに待たせてしまっているのだ。

雪媛を皇后に——正妻として迎えることは、彼の中で大きな意味を持つ。

(父上は雪媛をどれほど厚く遇したといっても、地位は昭儀までしか与えなかった)

父と仲睦まじい雪媛の姿を、何度遠くに見つめたか知れない。今、雪媛は自分の腕の中にいる。それでも碧成は、彼女が完全に自分のものになったとなかなか実感ができないでいた。父にはできなかった本当の意味での妻の立場を、雪媛には与えてやりたいのだ。それでこそようやく、碧成は父以上に雪媛を愛しているという証明になると思っていた。

亡き父親は、死してなお碧成の前に大きく立ちはだかる壁だった。

一方で、生きている人間もまた、碧成の前に影を落としている。先ほど琴洛殿へやってきた折、入り口に控えていた男の姿を思い出す。

「青嘉はまだ婚姻しておらぬそうだな」

「……ええ、そのようです」

「早々に婚約の儀だけでも済ますように、そなたが取り計らってくれるか。今度の高葉遠征では、青嘉にも一軍を任せようと思う」

「青嘉を？」

「王家の当主として、より戦歴を積むべきだ。……そなたとて異存はあるまい？」

碧成は雪媛の様子を窺った。碧成を見つめるその表情に、目立った変化はないように見える。

雪媛の傍に侍るあの男。その目が、碧成は気に入らなかった。いつも雪媛に注がれているその眼差し――護衛であれば当然だとしても、碧成の心がざわつくのだ。

雪媛に聞かされた義姉への恋慕が本当だとしても、だからといってあの男が雪媛の傍にいるのは落ち着かない気分にさせられた。

「もちろんです陛下。それでしたら他にも数名、わたくしの護衛から推薦したい者がおります。よろしいですか？」

「構わぬ。青嘉の下につけるがいい」

「感謝いたします」

「立后式の前には出兵だ。もうあまり日もない。戦から戻ったら婚礼を挙げられるように手はずを整えてやれ」

「わかりました」

動揺するそぶりもない雪媛の様子に満足しつつ、それでも碧成はまだどこかで安心できないでいた。

（戦から帰ってこなければいい……）

思わずそう考え、一方で自身の狭量さを恥じた。

自身の居殿へ戻ると、侍従に命じて田州の県令について調べさせた。雪媛の話が本当であればその民想いの県令を、ぜひとも讃えてやりたかった。

「ここでしばらく、おとなしくしてろよ」

そう言うと、柏林は不服そうに顔をしかめた。

馴染みの女の家だった。かつて金持ちに身請けされた芸妓で、今はその男の足も遠のき、小さな家で慎ましく暮らしている。頼み込んで柏林をここに置いてもらうことにしたのは、皇宮での上演が終わってすぐのことだった。

舞台が終わり控えの部屋に戻ると、飛蓮は柏林からあの時何があって追われていたのかという経緯をようやく訊くことができた。そして柏林が聞いてしまった話の内容に、息を呑んだ。

「……あれってさ、つまり……あの昌王って人が、陛下と貴妃様を……殺そうとしているってことでしょ？」

不安そうな面持ちで柏林が言う。

「その男たちの顔を見たか？」

「う、うん……」

「お前は？　顔を見られたのか？」

「どうだろう、すぐ逃げたから……。ねぇ、やっぱりこれ、陛下と貴妃様にお伝えしたほうがいいよね？」

「……いや、だめだ」

じりじりとした焦燥が湧き上がってくる。

「なんで？　だって命を狙われてるんだよ。危険だって伝えなくちゃ！」

「そんなことを言いだせば、命を狙われるのはお前だ！」

わけがわからない、という表情で柏林は首を傾げた。

「いいか、それが事実だとしても、馬鹿正直にそう申し立てて誰が信じる？　その昌王っていうのは陛下の兄だ。それに一緒にいた男は重臣の蘇高易の名を出したんだぞ。背後にいるのは大物だ。一介の芝居一座の座員が、僕が見ました聞きましたと告発して、それで万事が済むわけがない」

「な、なんだよ月怜、そんなの言ってみなくちゃわからないだろ？　自分の命が狙われているんだ、陛下だってまともに取り合ってくださるよ」

「真実なんてどうだっていいんだ、ここでは！」

もしそんなことを言いだせば――きっとすぐに不敬罪を言い立てられて、さらには柏林こそが皇帝の命を狙った謀反人にされ、この一座すべてが逆賊に仕立て上げられるかもしれない。

(関わらない――それが最善だ)

これ以上ここに長居すれば危険だ。

「おい、陛下が褒美をくださったぞ！　見ろ、すごい量だ！」

荷車一杯のそれを侍従たちが運んできて、皆がどよめいている。さらに豪華な膳や酒が運ばれてくるのが見えたが、飛蓮は座長の肩を摑んだ。

「座長、すぐここを出よう」

「え？　何言ってんだよ、これを食べないなんて――」

「いいから、早く！」

追い立てるように皆を連れて皇宮を出た。稽古場には戻らず、飛蓮はすぐに隠れ家を探した。

（あの耳飾り……）

なくした耳飾りは結局見つからなかった。

（倉の中……それとも逃げた時だろうか……もしあれが追っ手に見つかっていたら、誰のものか嗅ぎつけられるかも……）

そうなれば一座も家も危険だ。

柏林をなだめすかして女に預けると、飛蓮は大通りへと出た。

「きゃあ、月怜！」

「寄っていってよ」

茶館や商店の女から声がかかるが、笑顔だけ向けて飛蓮はそそくさと足早に進んだ。

その時、視界に映り込んだ一人の女に飛蓮ははっとして足を止めた。

（え――？）

すれ違ったその人物を、思わず振り返る。

その女は通り沿いの店を物色しながら、気軽な買い物を楽しんでいるようだった。

飛蓮は慌てて物陰に隠れた。そっと顔を出して、その横顔を窺う。見間違いではないのか、と何度も自問自答しながら探るように見つめた。

（どうして――）

忘れようもないその顔。

律真の母、京だ。

京はいくつかの装飾品を買い込むと、悠々と歩いていく。飛蓮は距離を取りながら、そっと後をついていった。

やがて京は一軒の屋敷へと入っていった。「おかえりなさいませ」という下男の声が聞こえてくる。

(あの女が、何故都にいるんだ)

「なぁ、ちょっと」

向かいの家から出てきた下女を捕まえ、飛び切りの笑顔を振りまく。

「訊きたいんだが、これは誰の屋敷だ?」

「え、ええと……唐智鴻様のお宅です」

頬を染めた下女は、少し裏返った声で答えた。

「唐智鴻? 誰だ?」

「地方にお勤めだったお役人様で、最近都へ戻られたそうです。先日、奥様がうちにご挨拶にいらっしゃいました」

「奥方以外にも女が住んでいるのか? こう、結構年配の……」

「ああ、ご主人のお姉様が滞在されているそうです」

「そう……ありがとう」

飛蓮はもう一度屋敷を一瞥すると、逃れるようにその場を後にした。


その日朝議の場で、碧成は上奏文をひとつ重臣たちの前に放り出した。

皆、いったいどうしたことかと視線を交わす。

「……このような奏聞が上がっている。田州武県の県令である郭陸君を罷免せよというのだ。皆はどう思う」

すると進み出る者が幾人かあった。

「陛下、郭陸君については、告発が相次いでおります。郭陸君はかねてから民に重税を課し、それを己の懐に入れているのです。さらに辺境警備につかせるため、臨時に民を徴発したものの、それらはすべて私兵とし自らの屋敷や別邸で使っています」

「しかも、罪人であった女を、法を無視して勝手に釈放し、自分の妾にしたそうにございます！　このような者は即刻処罰すべきと考えます」

「高易、どう思う」

碧成が声をかけると、蘇高易が進み出た。

「法に則り、適正な罰を与えるべきでございます。罷免はもちろん、財産の没収と流刑が妥当となりましょう」

「……残念だ」

碧成はため息をついた。

「余は、その県令のことをよく知っている。――そなたたちの申すことは、いずれもこの県令を貶めるために流布された偽りである」

ざわざわと皆が声を上げた。

「なんですと?」

「陛下、偽りとは……」

「そのようなことを申し立てたのは、州内の他の県令たちが郭陸君を排除したいからだ。余は密かに郭陸君について調べを行った。この者は、異民族による略奪で困窮する民を救うために倉を開け、それをすべて民に分け与えている。他の役所では、緊急時のものだと言い張って倉を開けようともしない中、な。それに、先ほど民を私兵として抱えているとの話が出たが、それは誤りだ。郭陸君は私財を投じて傭兵を雇い、異民族から民を守ろうとしているのだ」

困惑した声が上がった。

「陛下、畏れながら、これらの告発が嘘であると？」

「郭陸君は以前より素行が悪く、何かと悪名高き男にございます」

「左様、そもそもこの者の父は商人の出で、金で官位を買ったとか」

碧成は腹立たしそうに言った。

「周囲の者たちが隣でそのような善行を施す郭陸君の存在が邪魔で、こうした悪意ある話をでっちあげておるのだ。こやつらは、自分たちが民を見捨てたことを誇られるのを恐れているだけだ。……そのような痴れ者たちの言葉に踊らされ、民のために働く善良な者を貶めるとは言語道断である！」

碧成は侍従に命じて、いくつかの書類を脇に積ませた。

「これが証だ。余が直接命じて調べさせた調査結果である。武県の民も、郭県令のお蔭でこの冬を越せると感謝している。……それから、郭陸君の妾の中には確かに元罪人がいるが、これは冤罪であったことがわかっているのだ。無実の罪に問われる者を見捨てることができなかった陸君が、憐れみからこの女を手元に置いた。無罪が確定する前に行動したことは確かに法に反するが、それでも余は責めるつもりはない」

皆は一様に黙り込んだ。皇帝自らが人を遣わして調べたという内容を、誤りだと責めることなどできない。

ただ一人、蘇高易だけは静かに口を開いた。

「陛下、より慎重に調べ、結論を出すべきと――」

「黙れ高易！　余が間違っているというのか⁉」

皆驚いて、玉座の碧成を見上げた。

蘇高易に対して、これほど高圧的な物言いをする彼を初めて見たのだ。いつもどんな時であれ、碧成は高易に対して一歩譲るような態度を見せていたし、頼ってもいた。

「高易、余が未だに何も知らぬ子どもと思っているのか？　いつまでもお前に頼らねば何もできぬと？」

「陛下」

「余はこの瑞燕国の皇帝である！　余が下す決定に異議があるのか？」

高易は表情を変えなかった。

「人の上に立つ者ほど、臣下の意見に耳を傾けるべきでございます、陛下。畏れながら先帝は常に、そのようになさっておられ――」

「――高易！」

がたりと碧成は立ち上がった。

「そなたは余が……父上に劣っていると言いたいのか！」

しかし高易は怯むことがなかった。碧成を真正面から見据え、きっぱりと言い放つ。

「優れた君主は、そのようにあるべきと申し上げているのです」

「──誰か！　この者を即刻ここから連れていけ！　無期限の謹慎を命じる！　余の許しなく皇宮へ足を踏み入れてはならぬ！」

数名の兵士が駆け込んできて、高易を両脇から挟み身動きを封じる。皆騒然となった。だが止める者はいない。今口答えすれば、自分にも同じ災厄が降りかかる。

高易は何も言わず碧成を見据え、黙って立ち上がると、そのまま兵士に連れられていった。

碧成もまた、苛立たしげに出ていってしまう。残された重臣たちは天を仰いだ。

「なんということだ……」

「陛下は何故我らの声に耳を傾けてくださらぬ」

「蘇大人の言葉すら聞き入れなされないとは」

「陛下は蘇大人に対して本当に疑念を抱いていらっしゃるようだな」

「やはり、環王様の婚姻の件が……」

「郭の罪は明らかなのだぞ！　陛下はいったいどうされたのだ」

「そうだ、今までであれば、あのような告発があれば正しい裁きをなさっていたのに」

誰かがぽつり、と言った。

「――柳（りゅう）貴妃様がいてくださったら」

「おい」

「陛下が即位されてからは、実際は貴妃様が上奏に対して素案を提示されていたというではないか！　その冷静なご助言があればこそ、陛下も英明なご判断ができていたということではないのか？」

「蘇大人が釘を刺して、貴妃様は政（まつりごと）とは完全に関わらなくなってしまったからな……」

「確かに、あの頃から陛下のご判断はどうにも頼りない」

「貴妃様は近々皇后になられるのだ。表立って陛下を補佐していただいてもよいのではないか？」

「まさか。女子（おなご）が政に関わるなど、あってはならぬ」

「貴妃様は天の声を聞くお方なのだぞ。そのお言葉を無視するほうがどうかしている」

「此度（こたび）の件も、貴妃様にお願いして陛下にかけあっていただくべきでは？」

皆それぞれ、難しい顔をしながら散っていく。その様子を、独護堅（どくごけん）は苦々しい顔で見つめていた。

琴洛殿で朝議での顚末を聞きながら、雪媛は碁石を手の内で弄んだ。

「それで、陛下は？」

「郭陸君には褒賞を与え、告発した者たちを全員罷免するようにと」

雪媛の真っ赤な唇に微笑が浮かび、ぴしゃりと碁盤に石を打つ。

「では空いた役職に推薦する者の名簿を用意しておけ、江良。お前が相応しいと思う者をな。私から陛下に申し上げる」

「承知いたしました」

江良も頷きながら、碁石を手に取り気軽な様子でこつんと打つ。先ほどから二人の盤上の争いはほぼ互角のままだ。

「郭陸君のことはどうなさるおつもりですか？」

「ああ……あの男は役に立ってくれた」

雪媛が碧成に話したことは本当だ。郭陸君は民に食糧を与え、私兵を募って警備を強化させた。嘘ではない。

しかし、周囲はさぞ首を傾げたことだろう。

郭陸君は、慈悲深さなど欠片も持ち合わせていない強欲で独善的な男だった。重臣たちが責め罷免を求めるのも当然で、告発された罪はいずれも真実だ。

だからこそ、雪媛は目をつけた。

「命じた通り、これみよがしの善行を見せつけてくれた。ほんの一時的なものとはいえ——陛下が調べた際、確実に真実だと認めざるを得ない証を多く残すほどにね」

その代わりに、都での出世を約束してある。

「あのような者を、本当に重用するおつもりですか？」

「さぁ……果たして無事都に来れるかどうか……」

笑う雪媛の言葉の意味を察したように、江良は話を変えた。

「今回の件で、陛下はすっかり自信を深められたようです。重臣たちの話を信用しなくなり、むしろ自分の目のほうが正しく物事を見極められる……とお考えのようで。蘇高易は謹慎を言い渡され、屋敷に籠っています。二の舞を演じたくない者たちは陛下の言うことに反論しなくなりました。雪媛様が陛下をお諫めし、以前のように政の助言を行ってほしいと求める声が広まっております」

「ふふ」

雪媛は肩を揺らして、石を打つ。

「よい椅子を用意させなくては」

「椅子、ですか」

「そろそろ必要だろう。……朝議の間で陛下の後ろに座る椅子だ」

「――後ろで、よろしいので？」

少し冗談交じりに江良が尋ねる。

「とりあえずは、よい。そのうち陛下はまた体調を崩され、委任を受けた皇后がすべてを動かす。……そうなるまで、さほど時間はかかるまい」

そしていずれ、皇帝の座は真の意味で空になる。

（残念だったな蘇高易――私を政から締め出したつもりだっただろうが）

今や締め出されたのは高易のほうだ。

「一点、気になることが」

盤上を見つめながら、江良が言った。

「最近、蘇高易の屋敷を頻繁に訪れる者があります」

「環王か？」

「いえ――兵部郎中の唐智鴻です」

その名に、雪媛はすっと目を細めた。

「蘇高易の抜擢で都に戻ってきたわけですから、付き合いが深いのも当然ですが。……この男、独家の屋敷にも出入りしているとか」

「抜け目のないことだ」

「智鴻が間に入って蘇高易が独家陣営と手を組めば厄介かと」

「その前に、潰してやる。——江良」

「はい？」

「……唐の名が、芳明の耳に入らないようにしろ」

江良は少し微笑んで、頷いた。

「ええ、もちろん」


「見て見て、お揃いよ！」

「まあ！」

「あぁ、素敵……」

雪媛に使いを頼まれた芳明が後宮の通用門を通りかかると、宮女たちの声がした。

見れば、青嘉と潼雲、瑯の三人が仙騎軍の上将と何事か立ち止まって話をしていた。それを遠目に眺める宮女たちが、きゃあきゃあと騒いでいるのだ。

「ああ、貴妃様の護衛の皆様って本当に素敵！　見て、あの凛々しいお姿」

「貴妃様は顔で選んでるって噂よね」

「あら、顔で選んで正解よ。ここでは何より、美しさが重要だもの。お蔭で私たちまでこうして目の保養ができるのだし」

「あなたは誰派？」

「私はー、青嘉様かしら！　寡黙な武人って感じ」

「わかる！　でも、私は瑯様！　一瞬怖い方かしらって思うんだけどとっても気安い方だし、笑顔が可愛いのよーー！」

「私は潼雲様だなー。庶民出身でいらっしゃるから、私たちのことをいつも気にかけてくださって優しいわ。この間なんて、私が運ぶ荷物を代わりに持ってくださったの！」

盛り上がる女たちの会話を聞きながらその場を通り過ぎる。後宮に入れば接する機会のある男性は限られてくる。仙騎軍の男たちは宮女たちにとって最も身近な異性であり、憧れの対象になりやすい。

ふと立ち止まる。

振り返ると、大きな影がさっと繁みに隠れた。

しばらくまた歩いた。

もう一度立ち止まって振り返る。

「──ついてこないで」

後ろからついてくる図体のでかい男に向かって、冷たく言い放った。

今度は隠れなかった瑯は、素知らぬ顔で嘯く。

「柑柑がいのおなったから、探してるだけぜよ」

そうだ、とでも言いたげに、肩にとまっている烏がかあと鳴く。芳明は気にしないよう努めて、門兵に後宮を出る印綬を見せて門を潜る。瑯も何食わぬ顔でついてきた。

「……その言葉遣い、いつになったらちゃんとするつもり？　秋海様のところでしっかりと習ってきたんでしょう」

「雪媛様が、内輪ではこのままでいいとゆうちょったが」

「ここは琴洛殿の外なのよ。誰かに聞かれたら、雪媛様が笑い物になるの。きちんとなさい」

「そんなにおかしいかのう……」

眉を下げる瑯に、芳明はため息をつく。

「……私も地方の出身だから、都に来た時には訛があって、随分とからかわれたし虐められたものよ。それを身に染みてわかってるから、これは助言よ。……別に、あなたの訛、私は嫌いじゃないけどね」

そう言うと、ぱっと瑯の表情が明るくなる。

（犬みたいね）

「どこに行くが――どこに、行くんだ？」

言い直す様子に子どもを見守るような気持ちになりながら、芳明は「江良殿のところよ」と答えた。

「そうか、俺も江良に用がある」

「……嘘が下手すぎるわね」

「そうか、勉強しよう」

大きくため息をついて、芳明はくるりと瑯に向き直った。

「申し訳ないんだけど私、あなたみたいな歳下には興味ないの」

「そうか」

「私、子どもがいるし」

「そうか」

ふんふん、と瑯は頷く。

「……そうか、って、意味わかってる?」

「もっと知りたい」

「え?」

「芳明のことが知りたい。何が好きだ? どうしたら笑ってくれる?」

あまりに率直な問いに、芳明はぽかんとした。

数多くの男から言い寄られたが、皆それなりに迂遠な言い回しをしたり、風流な遊び方を心得ていたものだった。

その時、向こうから官服の男たちが数名、談笑しながらやってくるのが見えた。芳明は頭を下げて通り過ぎようとしたが、そのうちの一人に見覚えがある気がして足を止めた。

息を呑む。

一瞬で血の気が引いた。

優しそうな笑みを浮かべた男だった。

「……芳明?」

瑯が怪訝そうに言った。

吐き気がした。よろめいた芳明の肩を、大きな手が支える。

「どうした? 気分が悪いのか?」

「……なんでも……」

男がふいにこちらに目を向けるのが見えた。はっとして、顔を逸らす。

(見られた？)

体が震えていた。間違いなかった。

唐智鴻だ。

(彼は――私があの時流産して、そのまま死んだと思っているはず。雪媛様が、そう始末をつけてくれたんだから……)

芳明が死んでいない事実に気づかれれば、子どもを産んだことも、その子が生きていることも、突き止められてしまうかもしれなかった。

(もう結婚しているはず――きっと子どもだっているわ――もし、天祐の存在が知られてしまったら――)

男が、あの忌まわしい薬を持ってきた時の表情を思い出す。妊婦によい薬だと言って、芳明が心配だと、優しさと労りの気持ちをさもそれらしく浮かべて渡した。

苦い薬の味が、蘇ってくる。

唐突にぐいと腕を引かれ、芳明ははっとした。

瑯が芳明を自分の胸に抱き込むようにして、柱の陰に引っ張り込んだのだ。

「――っ!」

身動きできないほどきつく抱き締められて、芳明は目を瞬かせた。

「久しぶりの都はいかがですか」

「賑わいがまるで違いますね。それにしても地方にいると、情報もすぐには届きませんし、皆様にはいろいろと、最近の朝廷の様子をご指南いただきたい」

柱の向こう側、すぐ近くに声が聞こえて、芳明は肩を震わせた。

「もちろんですよ。柳貴妃様のことは聞き及んでいらっしゃいますか?」

「ええ、しかしにわかには信じられない話ばかりですが――」

話し声が通り過ぎ、徐々に遠のいていく。

やがて何も聞こえなくなった頃、卿が力を緩めて、芳明の顔を覗き込んだ。

「――大丈夫か?」

芳明は我に返って、どんと卿を突き飛ばした。

「どういうつもり」

「……会いたくなさそうだったから」

そう言って、くいと顎で遠くなった男たちの背中を示す。芳明は無言で乱れた髪を整える。

「余計なことしないで」

「──あ」

　瑯はさっと芳明の横を抜けて、地面に屈み込んだ。

「ちょ、ちょっと、何よ」

「柑柑、こんなとこにいたのか」

　瑯はそう言って、両手で白猫を抱き上げる。柑柑は甘えた鳴き声を上げた。

（──なんだ、本当に探してたのね）

　芳明は少し恥ずかしくなった。つきまとわれているというのは、とんだ思い上がりだったかもしれない。

　乱れた髪を搔き上げながら、芳明は少し唇を尖らせる。

「……行くわよ」

「うん？」

「江良殿のところ。用があるんでしょう」

「ああ──うん」

　すたすたと先を行く芳明に、瑯がにこにこと嬉しそうについてくる。

　やはり犬のようだ、と思う。

（……まぁ確かに、笑顔は可愛いわ）

少しどきりとしたのは、とりあえず気のせいだと思うことにした。

五章

稽古場（けいこば）の入り口が何やら騒がしい。蒼（あお）い顔した座員たちが、おろおろとしている。

「どうしたんだ？」

飛蓮（ひれん）は訝（いぶか）しく思い中を覗（のぞ）き込んだ。座長と暁道（ぎょうどう）が険（けわ）しい表情をしている。彼らの足元に、誰かの手足が投げ出されているのが見えて、飛蓮ははっとした。

その人物が身に着けているのは、飛蓮の衣装だ。

「座長、暁道――」

飛蓮は彼らに近づき、そして足を止めた。

うつ伏せに力なく倒れている人物の背中には、大きな刀傷が斜めに走り、衣装に赤黒い血が広がっていた。逃げようとして背後から斬（き）られたようだった。

事切れているのは、呂檀（りょだん）だ。

「呂檀……？」

「誰がこんなこと……」

座長が頭を抱(かか)えた。飛蓮は声を上げる。

「何があったんだ？」

「わからない。今朝俺が来た時にはもうこの状態だった。すでに息がなかった」

肩を落として暁道が言った。

「誰かがここに忍び込んで呂檀を殺した？　……座長、上の部屋にいたんじゃないのか？何か気づかなかったのか？」

稽古場の上階には座長の部屋があった。

「いや、何も……そもそも呂檀は帰ったと思っていたし……」

「そうだな、なんでここにいたんだ？　しかも、月怜(げつれい)の衣装を着て……」

「……稽古していたのかも」

「稽古？」

「俺が王女役だったこと、納得してなかった。……次こそは、と練習していたのかも。この衣装を着て……」

呂檀は練習熱心だった。自分の芸を磨くことに対しては、決して妥協(だきょう)しなかった。

「だが、どうして殺されなくちゃならない。しかもこんな惨(むご)い……」

「月怜に間違われたんじゃないか？」

座員の一人がそう言って、飛蓮を見た。いつも呂檀と一緒にいた取り巻きだ。

「おい、なんてこと言うんだ！」

座長が声を荒らげる。

「だって、この間も女を奪われた逆恨みで襲われただろう。そういう輩が、ここで一人稽古している呂檀を見て、月怜だと思い込んで――」

（間違われた……？）

飛蓮は横たわる呂檀の遺体を見下ろしながら、嫌な想像をめぐらせた。

この衣装は、あの天覧舞台の時にしか着たことがない。柏林による特注品だ。

これを見て呂檀を月怜に間違えたのならば、つまりそれは、あの舞台を観た誰かではないだろうか。

（耳飾り……）

はっと呂檀の耳を見る。そこには、あの時なくした耳飾りではなく、代わりのものがつけられていた。

（あの時、俺の耳飾りがひとつなかったことを知っているのはあの場にいた人間だけ……だからこそ柳貴妃も片耳分の褒美をくれた。もし落とした耳飾りを拾ったやつが、それを見ていたら……）

呼ばれた役人たちが遺体を検分し始める。飛蓮は青ざめながらその様子を見守っていた。

「月怜！　呂檀が殺されたって本当なの？」

柏林が駆け込んでくる。

「――！　馬鹿、あそこにいろって言っただろ！」

「だって――」

「いいから戻れ、早く！」

「ちょっ……痛い！」

泣きそうな顔をする柏林を引っ張って、外へと出る。

「――下手人は多分、あの時皇宮で俺たちを追っていたやつだ」

「ええ？」

「呂檀は俺に間違われたんだ。……ここには当分来るな、柏林。恐らくやつらは、話を聞いたのは俺だと思ってる」

「そんな！　月怜はどうするのさ！」

「俺もしばらく身を隠す。安心しろ、俺を匿う女は山ほどいるから」

「駄目だよ！」

「大丈夫だ」

安心させるよう笑って、柏林の頭をぽんぽんと叩く。

「呂檀を俺だと思ったなら、あいつが死んだことで、しばらくは安心しているはずだ。そのうち人違いに気づくだろうが——それまで時間がある」

「ねぇ、役所に行こうよ！　犯人があいつらだって説明しよう！」

「皇帝の兄が一介の芸人を殺したなんて誰も信じない。そもそも身分が違うんだ、皇族なんだから罪になんか問われない。むしろ何故殺したのかを知られたら困るから、徹底的になかったことにするはずだ。……そうなれば一座ごと潰されて、全員口を塞がれるかも」

「……月怜」

「戻れ、柏林。いいな」

庭園の隅、こんな寒い日にはほとんど人の来ない四阿に、芙蓉はそわそわとしながら腰かけていた。

小道の向こうから人影がいくつか近づいてくるのが見えた。思わず立ち上がる。

侍従が三人、それだけだった。碧成の姿はない。がっかりして再び腰かける。するとその侍従たちが四阿へ近づいてきて、そのうちの一人が、「芙蓉」と囁いた。

芙蓉は耳を疑い、はっと顔を上げた。

侍従の恰好をした碧成が立っている。

「……陛下」

「ああ、よい、座っていろ」

立ち上がろうとする芙蓉を押しとどめる。優しく手を取り、そっと腰を下ろさせた。

「陛下……本当に……？」

信じられない思いで、芙蓉は切れ切れに声を上げた。

目の前に、碧成がいる。確かめるようにその手を強く握った。

「……体調はどうだ」

「陛下……！」

碧成の姿がぼやけて見えない。涙が次から次へと溢れてくる。

「陛下、陛下……！」

「こんな恰好で驚いただろう。……表立ってそなたに会うわけにもいかないから、珠麗が変装したほうがよいと助言してくれたのだ」

言われて、芙蓉は涙を流しながら振り返った。

ひと月ほど前から芙蓉の世話役としてやってきた珠麗は、微笑を浮かべながら二人を見守っている。人目につかない場所で碧成と会えるように手はずを整える、と言った彼女は、それを本当に実現させた。

芙蓉の周囲にいる女たち――侍女や妃たち――は皆、出産や子育ての経験がない。その点、珠麗は出産経験があり、妊婦である芙蓉への細やかな気配りが行き届いていた。今では何をするにも、芙蓉はすぐに珠麗を呼ぶ。彼女が傍にいなくては落ち着かないほどだ。

「余は華陵殿に籠って、政務に専念していることになっている。あまり長くはいられない」

「陛下……」

「……余を恨んでいるか、芙蓉」

「いいえ、いいえ陛下！　お会いできた、それだけで充分にございます！」

芙蓉は碧成の手を取り、そっと自分の腹部に当てた。

「御子はお健やかに成長されています。きっと、男の子ですわ」

「……そうか」

「元気な子を産みます、陛下の御子を。それがわたくしの、何よりの幸せにございます」

控えていた侍従が声をかける。

「――陛下、そろそろ」

「ああ……」

碧成は名残惜しそうに手を放すと、立ち上がる。

「もう行く。……芙蓉、身体を大切にせよ。ここは冷える。早く戻りなさい」

「陛下……またお会いできますか？」

「ああ」

碧成は、芙蓉の後方に佇む珠麗に目を向けた。

「よく取り計らってくれた。礼を言うぞ」

「畏れ入ります、陛下」

珠麗がかしこまって頭を下げた。

足早に去っていく碧成の後ろ姿をじっと見つめながら、芙蓉は充足感に満たされてお腹を摩った。

「陛下……やはりわたくしをお忘れではなかったんだわ……」

「賢妃様、戻りましょう。摑まってください」

「ええ……」

珠麗の手を取ると、ゆっくりと歩き始める。お腹は随分と大きくなってきていた。

「珠麗」

「はい」

「本当に、礼を言うわ……お前がいなければ、陛下に会うことなど適(かな)わなかった」

「私はただ、機会を作っただけでございます」

「そこまでしてくれる者など、誰もいなかったわ……」

「大したことでは」

「お前を推薦した唐智鴻(とうちこう)には感謝しなくてはね。この子が生まれたら――お前の息子を傍に置かせましょう。歳の近い忠臣が必要よ。幼い頃からともに学ばせ、忠義を尽くしてほしい」

「息子に……ですか？」

「ええ、いずれ私の子が皇太子となり、皇帝となれば、王家を継ぐのもそなたの息子よ」

「……ですが、義弟(おとうと)がおります」

「貴妃に仕(つか)えているあの男ね……ちょうどいい。あなたを家から追い出して実家へ追いやった非道な男には、それに相応(ふさわ)しい末路を用意してあげる。だから安心なさい」

「賢妃様……」

「ねぇ、陛下に次に会えるのはいつなの？」

「……ご安心ください。また方法を考えます」

芙蓉は瞳を輝かせて冷たい空気を吸い込んだ。心が満たされていく。碧成に会える。そして無事に皇子を産めば、世界は芙蓉のものだった。

「――！」

芙蓉は足を止めた。向こうから雪媛がやってきたのだ。

「まぁ賢妃。出歩いて大丈夫なの？」

「……ごきげんよう貴妃。少しは体を動かすようにと医者からも言われているのよ」

すると雪媛は、怪訝な顔をした。その視線の先には芙蓉ではなく、珠麗がいる。珠麗は静かに頭を下げた。

「柳貴妃様にご挨拶いたします」

「何故、ここに……」

「出産までの間、わたくしの世話をするよう陛下が特別にご配慮くださったの」

雪媛はじっと珠麗を見据える。やがて、そうなの、と目を逸らした。

「……それなら安心ね、賢妃。居殿でゆっくりしていらっしゃい。身体のためにそのほうがいいわ」

「そうね、もう戻るところよ。あなたこそ、こんな寒い日にどちらへ？」

「陛下のところよ。根を詰めて政務に励んでいらっしゃるようだから、少し休んでいただきたくて、わたくしが作った菓子をお持ちするの」

「……そう。では」

芙蓉は一瞥して雪媛の傍らを通り過ぎた。

雪媛はいつでも会いたい時に碧成に会えるのだ、と思うと、僅かな逢瀬に涙した自分があまりに憐れだった。

「賢妃様——」

後からついてきた珠麗が心配そうに声をかける。

「この子さえ——この子さえ生まれれば……」

芙蓉は瞳を潤ませながら、何度も呟いた。

「珠麗が芙蓉の世話係？　——何故その情報が伝わってきていない！」

琴洛殿へ戻るなり、雪媛が苛立たしげに言い放った。

「永楽殿の間者はどうした！」

「申し訳ありません。すぐに確認しますが……取り込まれたと考えたほうがよいかもしれません。人の出入りは逐一報告させていますのに、珠麗殿の件だけ抜けるとは考えにくいかと」

　幢雲が恐縮しながら言った。

「青嘉！」

　雪媛が、控えていた青嘉を呼ぶ。

「どういうことだ」

「……義妹の出産の世話があるので実家に戻ると聞いていました」

「ほう、賢妃が義妹か！」

　嘲るように雪媛は吐き捨てる。

「誰かの意図がなければ、珠麗が後宮へ来るなどありえない。すぐに珠麗の実家に確認しろ」

「承知しました」

「──雪媛様、尚宇殿から書状です」

　芳明が入ってきて一通の書状を雪媛に手渡す。目を通した雪媛は、少し間を置いて立ち上がった。書状は火にくべてしまう。

「何か？」

「郭陸君が死んだそうだ。──食中毒でな」

勿論、手を回したのは雪媛だ。

予定通りだった。しかし心中には焦燥と不安が渦巻いていた。突然後宮に現れた珠麗は、すべてにおいて想定外だ。

部屋を出ようとする雪媛に、芳明が声をかけた。

「雪媛様、どちらへ」

「庭だ。少し風に当たる。誰もついてくるな」

空を見上げると曇天が広がっていて、頬を切るような冷たい空気は、雪が降るかもしれないと告げていた。池には薄っすら氷が張っている。

「――雪媛様」

青嘉の声が背後からしたが、振り向かなかった。

「ついてくるなと言ったぞ」

「義姉上のこと――申し訳ありません」

「……問題はそこじゃない。永楽殿の情報が正しく届かないということが問題なんだ。他にも見落としていることがあるかもしれない」

「義姉上にはすぐに、暇を乞うように伝えます」

「――早く珠麗を娶れ」

青嘉は黙った。

「後家のままだからこういうことになる。夫のいる身、しかも王家の当主の妻であればそうはいかない。勝手な真似ができぬよう、婚約だけでもいいから早々に日取りを決めよ。それなら世話係を辞める名分も立つ」

それに、と雪媛は続けた。

「陛下は未だに、お前をお疑いだ。……先日も探りを入れられた」

青嘉を戦に出すと聞いて、雪媛がどんな反応をするかと窺っていた。雪媛の言葉を完全には信じきれていない証拠だ。少しでも自分を疑う要素は、残したくはない。

戻れ、と雪媛は言った。

「一人になりたい」

突然手首を掴まれ、雪媛は肩を震わせた。いつの間にか背後に立った青嘉に引き寄せられる。

「!?　はな……」

「熱がありますね？」

「え？」

「――熱い」

青嘉は掴んだ手首を見下ろす。

「今朝からいつもと声が少し違ったので、そうではないかと」

「声……？　──わっ」

青嘉は雪媛を横抱きにすると、さっさと来た道を戻り始めた。

「や──めろ、降ろせ！」

雪媛は青嘉の胸を叩いた。しかし青嘉は気に留める様子もない。

「今日は休んでください。すぐ医者を呼びますから」

「たいしたことじゃないっ……！」

そう言いながらも、朝からずっとひどい身体のだるさを感じていた。頭も痛い。だからこそ、珠麗の件では余計に苛立った。皆の前では情報が伝わってこなかったことを槍玉に上げたが、本当はただ、珠麗の顔など見たくなかったのだ。

「おい、青嘉……っ」

その時、琴洛殿の門を潜ってきた一人の女の姿が目に入った。青嘉が立ち止まる。

珠麗だ。雪媛と、そして雪媛を抱えた青嘉に気がつくと目を見開き、すっと表情を消した。

「まぁ、雪媛様⁉」

来客に気づいた芳明が出てきて、青嘉の腕の中で苦しそうな顔をしている雪媛に驚きの声を上げた。

「どうなさいました」

「熱がある。寝所へお連れするから、医者を呼んでくれ」

「わかったわ。——浣紹、すぐに呼んできて」

「はい！」

門を出ていく浣紹を目で追い、珠麗が芳明に控えめな声をかける。

「ごめんなさい。どうやら、よくない折に伺ってしまったようですね」

「どのようなご用件でしょう？」

「——賢妃様より貴妃様へ、贈り物でございます」

二人の会話を横目に、青嘉は足早に雪媛の寝所へと急ぐ。すれ違いざま、雪媛は珠麗の横顔をちらりと盗み見た。

あの簪はつけていない。それだけで、少しほっとした。

青嘉の腕の中で体の力が抜けていくのを感じていた。一度完全に不調を自覚してしまうと、張りつめていたものが消えてしまうようだ。

青嘉の手を借り寝台に横になると、雪媛は少し呻いた。

「大ごとにするな……戻れ」

「毒を飲んだり、飲まず食わずの祈禱をしたり……自覚がないかもしれませんが、ご自身の身体を痛めつけるようなことばかり続けていればこうして弱りやすくなります」

「自分のことは自分でわかっている。問題ない」

「最近、夜もあまり寝ていないのでは？」

「……そんなことはない」

「潼雲も瑯も、夜の見回りで、いつもあなたの部屋の明かりが消えないと言っています。……陛下のもとへ行かれる日は別ですが。いい機会ですから今日はゆっくり眠ってください」

「そんな暇がどこに……」

「――いいから寝てろ！」

思いがけない強い口調に、雪媛ははっとして青嘉を見上げた。ひどく険しい顔で雪媛を見据えている。

「……な、んで怒ってるんだ、お前」

「あなたが自分を大事にしないからです！」

雪媛は目を瞬かせた。青嘉は本当に怒っているらしい。むすっと不機嫌そうに、布団を雪媛の肩まで引き上げる。

「雪媛様、医者がまいりました」

扉の向こうから芳明の声がする。

「……通せ。青嘉、出ていけ」

「いいえ、ここにいます」

「出ていけ。——お前がいたら、眠れない」

そう言うと、青嘉は表情を強張(こわば)らせた。

医者と入れ替わるように無言で外へ出ていく背中を、雪媛はじっと見つめた。

雪媛の脈を診(み)て、医者が言った。

「熱が高いようですので、麻黄湯(まおうとう)をご用意しましょう。……貴妃様、普段から眠りが浅いのではありませんか？」

「……あまり、眠れない」

「では不眠に効く薬も処方いたします。熱は湯薬(とうやく)を飲めば下がるでしょうが、日常的に健(すこ)やかなお体を保たれることが重要でございます」

「……では、深く眠れる薬を処方せよ。夢も見ないほどに……」

雪媛はそう言って瞼(まぶた)を閉じた。

赤ん坊の泣き声も、剣を手に迫る老将軍も、簪をつけた女も、もう何も現れないでほしかった。

部屋を出た青嘉は大きく息をついた。

最近いつもこんなふうに、雪媛から遠ざけられている。その時、ちょうど門を出ようとしていた珠麗の姿が目に入った。

「――義姉上！」

駆け寄ると、珠麗は少し表情を硬くしたように思えた。

「青嘉殿……」

「少し、話せますか」

「……あなたは先に戻っていて」

珠麗は従っていた宮女にそう言って、青嘉に向き直った。

「久しぶりですね。きちんと食事はしていますか？」

「義姉上、何故こんなところにいるのです」

珠麗は目を伏せた。

「実家にお戻りのはずでは？」

「……私が何をするか、あなたに逐一断りを入れる必要があるかしら」

「義姉上？」

控えめな珠麗に似つかわしくない、いつになくきつい口調だった。

「私のことは構わないでください、青嘉殿。……劉嘉様が亡くなったあの時、私は王家の嫁ですらなくなったのですから。もっと早く、家を出るべきでした」

「何を言って――」

「賢妃様にはよくしていただいています。志宝のことも気にかけてもらっていますし……ただ王家で漫然と生活するよりも、今のほうが生きがいを感じているんです」

珠麗は失礼、と言ってその場を後にしようとする。青嘉は思わず手を伸ばした。

「待ってください！」

肩を摑むと、珠麗が身を強張らせるのがわかった。

「義姉上の一存で独賢妃の側仕えなどできないはず。誰に言われたのですか？」

すると珠麗は、ひどく悲しげな表情を浮かべた。

「……聞きたいことは……それだけですか？」

「義姉上……？」

「……もう行かなくては。賢妃様がお待ちですので」

そう言って、珠麗はさっと身を翻す。追いかけようとするが、そこへちょうど、碧成が輿に揺られてやってくるのが見えた。門前に立つ青嘉に気づくと、碧成は声を上げる。

「青嘉！　雪媛の具合はどうなのだ」

「……熱が高いようです。先ほど医者がまいりました」

「そうか」

急いで輿から降りた碧成は中へ駆け込もうとするがふと立ち止まり、青嘉に向き直った。

「青嘉、そなた珠麗との婚姻の件、話は進んでいるのか？」

「……いえ、それが」

「何故だ。余が許可してから随分経つではないか」

「——私ごときのことなど案じていただき、恐縮でございます」

「何か、できぬ理由でもあるのか？」

探るように見つめられ、居心地の悪さを感じる。碧成の目は、常にないほど冷たい。

「そのようなことは……ですが、やはり兄の妻を娶るというのは……」

「もし、そなたや珠麗を誹る者があれば余を誹るも同じこと。そのようなことは決して許さぬ。安心して縁を結べ」

どう切り抜けようかと考えあぐねながら、青嘉はふと、違和感に気づいた。

「……陛下は、義姉をご存じなのでしょうか？」

「え？」

「いえ……義姉の名を、覚えていただいていたようなので」

すると碧成は少し動じたように視線を動かした。

「あ、あぁ……いや、そなたたちのことは、その、かねがね雪媛から聞いて、案じていたからな……。ところで、高葉への出兵については聞いているな？」

「はい、春に向けて準備を進めていると」

「今回の戦、そなたにも出陣してもらうつもりだ」

「……私が、ですか」

「そなたは余と歳も近い。これからの我が国を支える人材だと思っている。そなたの父のように武功を挙げ、戦歴を積んで余を支えてほしい」

「もったいないお言葉です。……ですが、今の職務は」

「もちろん、雪媛には別の護衛をつける。だから、春までには婚約だけでも済ませておけ。――よいな？」

碧成の口調は静かだった。しかし、有無を言わさぬ強い物言いで青嘉の顔を一瞥すると、琴洛殿の門を潜(くぐ)っていった。

稽古場を覗いても月怜の姿がなかったので、柏林は二人で暮らしていた家に足を向けた。呂檀の死から数日経ったが、下手人は見つからなかった。月怜は宣言通り姿を消してしまい、理由を聞かされていない座長は怒り心頭だった。

小さな借家にも、月怜が戻った気配はなかった。ため息をついて、脱いだままになっている月怜の上着を手に取る。

月怜はいつだってだらしがなくて、片付けもできないので身の回りのことも柏林に頼り切りだった。ただ時折、わざとやっているのではないかと思うことがある。舞台を降りても、月怜は何かを演じているような気がした。

(月怜のこと、実際は何も知らないんだよな……)

出会った頃、魂の抜け殻(がら)のようだった月怜は何ひとつ喋(しゃべ)らなかった。ただ、家族はなく、身ひとつだとだけ言った。柏林も同じだったから、それ以上尋ねようとは思わなかった。

両親は幼い頃に流行病(はやりやまい)で死に、一座の下働きになった。手先が器用だったから衣装を縫うようになり、それが天職だと思えるようになった。そんな時に出会ったのが月怜で、これは運命だと思ったのだ。

この人が纏う衣を縫いたい、と心が躍った。

月怜が着れば麻布も絹や錦に見えた。

歓声を上げる観客たちと同じように、柏林もまた、舞台で輝く月怜に魅せられている。

(どこ行ったんだろう……俺のせいなのに、月怜が逃げなくちゃいけないなんて)

戸締まりをして家を出ると、目の前を幼い少女が横切っていく。いつも月怜が花を買っていた子どもだったので、柏林は声をかけた。

「なぁ、おい」

「あれ柏林、いつ帰ってきたの?」

「月怜を見なかった?」

少女は首を横に振る。

「最近全然見ないの」

「そっか……」

「ねぇ、月怜結婚しちゃったの?」

「は? いや、してない……はず」

「よかった。結婚してどこかにお嫁に行ったのかと思った」

「……いや、結婚したら嫁を取るほうなんだけどね？」

少女に別れを告げ、柏林は考えあぐねた。やはり女のところを毎日転々としているのだろうか。

「例の若後家のところか？　それともあの金物屋の放蕩娘に金を出させて宿に……いや、あの妙に色っぽい尼僧の寺かも……うわっ」

角を曲がろうとした途端に何かがぶつかってきて、柏林は声を上げた。

「——あ」

ぶつかった相手も驚いて立ち止まった。いつも家の掃除や片付け、使い走りを頼んでいた近所の少年だ。

「ああ、なんだお前か」

少年は柏林の顔を見ると、さっと表情を変えた。

「ご、ごめんなさい」

「うちに掃除に来たのか？」

「え、あ——ええと、うん」

「しばらくはいいよ。月怜は当分戻らないだろうし、俺も来ない」

「そ、そう。……なら、行くね」

じゃあ、と言って少年が駆けだす。

「あ、おい待てよ」

柏林は彼の後を追った。この仕事がなければ収入が減り、母親の薬代にも困るだろう。何か適当な仕事を紹介してやらなければならない。柏林も人を使える立場ではないし大した金があるわけではなかったが、それでも貧しい子どもたち、特に親のいない子を見ればかつての自分を思い出す。

しかし少年は柏林の声が聞こえないのかどんどん先へと行ってしまう。粗末な長屋に入っていくのが見えたので、柏林はその後に続いた。

「おい──」

すぐに小さな寝台が見えた。上体を起こした線の細い女性と目が合う。少年の母親だ。その傍らに妙に見慣れた背中があったので、柏林は驚いた。いつものような彼の魅力を最大限生かすような華やかな装いではなく、見たこともないほど粗末な服を着ている。

「月怜！　こんなところに──」

「柏林？」

振り返った月怜は眉を寄せた。その手が女性の衣服にかけられ、僅かに胸元が開いているのが見える。

「お前……何度言わせるんだ。外に出るなって」

「ちょ、ちょっと月怜、お前まさか、その子の母親にまで……！」

月怜は呆れたようにじろりと柏林を睨む。

「……薬にむせて、零して濡れたから、着替えさせようとしただけだ。子どもの前でなんてこと言うんだ」

女性がくすりと笑う。病み衰えている様子ではあるが、若くて美人だ。

「月怜さんにはすっかりお世話になってしまって……申し訳ないわ」

「世話してもらっているのはこちらだからな。当然だ」

「……じゃあ、ずっとここにいたの？」

着替えは少年に任せて、月怜は立ち上がる。

「いや、いろいろ、転々としてる――何かあったのか？」

「……音沙汰がなくて、心配だったから。座長たちもみんな、月怜がいないんじゃ幕を開けられないって困ってるよ」

「あ、馬鹿。稽古場に行ったのか？　しばらく誰とも会うんじゃない」

「だって……」

肩を竦めて、月怜は柏林の背中を押した。

「早く帰れ」

柏林はふと気づいて、月怜の袖を取った。

「……ここ破れてる」

「あ、本当だ。……まぁこれくらい平気だ。旦那の服を貸してくれたんだ、文句は言えん」

「脱いでよ。俺繕うから」

「いいって言ってるだろ。ほら、行け」

家の外に押し出されて、柏林は頬を膨らませた。

「ねぇ月怜……」

「ん？」

「また一緒に暮らせるよね……？」

女のところにいるならまだよかった。もう都には、月怜がいないのではないかという気がしていた。月怜がどこから来たのか、柏林は知らない。

（一人でどっかに消えてしまうかもしれない……）

すると月怜は苦笑するように、わしゃわしゃと柏林の頭を撫でた。

「──行け。気をつけてな」

それだけ言って、戸を閉める。

撫でられた頭に手を伸ばす。こんなふうにしてくれるのは、月怜だけなのだ。

(大丈夫だ、って言わないんだ……)

とぼとぼと歩き始めた柏林だったが、やがてひどく不安になった。月怜はこれからどうする気なのだろうか。本当に、どこかへ行ってしまうのではないだろうか。

思わず引き返すと、少年の住む長屋を物陰から盗み見た。

しばらくすると人影が出てきたので、柏林はさっと身を引く。月怜だった。顔を隠すように首に巻いた布を目元まで引き上げ、うつむきがちに歩き始める。背中に負った僅かな荷物――思った通りだった。

一人、どこかへ身を隠そうとしている。そう直感した。

角を曲がっていく月怜の後をついていく。そっと角の向こうを覗き込む。

ところが、月怜の姿がない。

「あれ……？」

きょろきょろとあたりを見回す。まさか、柏林に気づいて撒こうとしているのだろうか。

慌てて横道に入り込む。と、もがくような手が奥へ引っ込むのが見えた。

(――え？)

柏林はぽかんとし、慌てて追いかけた。

男が三人、月怜を抱えて袋に押し込んでいる。月怜は青い顔でぐったりしており、腕がだらりと垂れ下がっていた。

（月怜――！）

男たちは皆大きな体軀で、手には剣を持っているのが見えた。

用意していたらしき荷車に月怜を入れた袋を乗せると、その上に筵を被せる。柏林は身を隠しながらその様子を窺った。助けなければ、と思うのに体が動かない。何より恐ろしかったのは、月怜がすでに事切れているかもしれないということだった。

やがて男たちは、周囲を警戒しながら足早に荷車を押し始めた。

柏林はようやくよろよろと動きだした。ともかく後を追わなければならない。

しかし通りへ出た途端、荷車の姿を見失ってしまった。周囲の店の者や通行人に尋ねたが、行き先がわからなくなってしまう。

「そんな……どうしよう」

あの男たちは呂檀を殺した犯人なのだろうか。

（でも……痴情のもつれで月怜に恨みを持った誰かの仕業かもしれない）

舞台に刃物を持って切りかかってきた男の姿を思い出す。

真っ青になりながら、柏林は京兆府の庁舎へと向かった。犯人が誰であれ、月怜が攫われたのは事実だ。助けを求めるしかない。

門兵は駆け込んで来た柏林に気がつくとその前に立ちふさがった。

「なんだ小僧」

「助けてください！　人が攫われ――」

そこまで言いかけて柏林は口を噤んだ。兵たちの守る門の向こうから、男が二人歩いてくるのが目に入ったのだ。

ひとりはこの役所の長官である京兆尹だ。これまでも街で何度か目にしたことがあるし、その屋敷で芝居を所望されたこともあった。

柏林はその隣で快活に笑っている男を見て血の気が引いた。

（……あの時の）

息を呑む。皇宮の書庫で皇帝の兄に謀反を唆していた男に違いなかった。柏林は真っ青になり、さっと門に背を向ける。

「おい、なんだ？　何をしに来た」

門兵が訝しげに肩を摑んだので、柏林は慌てて振り払い、「なんでもない！　ごめんね！」と言い捨てて逃げだした。

（なんであいつがあそこにいるんだ……！）

これでは役所に頼ることなどできない。柏林は息を切らして、一座の稽古場へと駆け込んだ。

「みんな！　大変なんだ！」

稽古中だった座員たちは、何事かと柏林に視線を向ける。

「なんだ柏林、お前具合が悪いんじゃなかったのか？　走るほど元気なら新しい衣装を早く進めてくれ！　天覧舞台の評判が広まって、都だけでなく国中から公演の依頼が殺到してるんだからな」

そう言う座長に、柏林は肩で息をしながら縋りついた。

「月怜が変な男たちに連れていかれた！」

「――何だと？」

「殺されちゃうよ、早く助けないと！」

「連れていかれたって、どこへだ？」

「わかんない、途中で見失って……みんなで手分けして探そう！」

座員たちは困惑した表情で何事かと呟いたり首を傾げたりしている。

「なんだ、また女がらみで恨みを買ったのか、あいつ？」

「懲りないな」

「ち、ちが――」

柏林は事情を説明しようとしたが、そこで暁道が大きく息をついた。

「なぁ親方、月怜は確かにうちの一座の花形だ。でもいつまでもこんな体たらくじゃ、俺たちみんなが迷惑する。刃傷沙汰で舞台が中断されたり、こうして稽古には来なくなったり――けじめをつけさせるべきじゃないのか」

「ちょっと暁道、今そんなこと言ってる場合じゃ――」

「柏林、俺はな、あいつの実力は認めるが、前から芝居に対する姿勢が気に入らなかったんだ。俺は芝居に人生をかけてる。でもあいつはそうじゃない。だから自分のせいで舞台を乱してもなんとも思わないんだ」

「そんなこと……」

「女にだらしないせいで騒動に巻き込まれるにしろ、自分だけならまだしも、俺たちみんなを巻き込まないでほしい。さっき座長が言っただろ、これから俺たちはもっともっと伸びる。天下に名を轟かせる一座になれる。――あいつがいなくてもな」

「ひどいよ、月怜が死んでもいいってこと⁉　――みんな、ねぇ早く助けに行かないと！」

周囲を見回す。

しかし、皆顔を見合わせているばかりでその場を動こうとしない。

「……ちょっと……みんな」

柏林は座長に目を向けた。しかし彼も何も言わない。

「そもそも、調子に乗りすぎだったろ、あいつ」

誰かがぼそりと言った。

「女にもてるからって、見境なく手を出して」

「そういう女たちから金まで貢がせてさ」

「呂檀だって、あいつがいなかったら女形としてもっと評価されてよかったはずだ」

「そもそも……呂檀を殺したのは月怜だったんじゃないのか?」

「あり得る。自分の立場を守るために……」

「──何言ってるんだよ、そんなわけないだろ⁉」

柏林は声を荒らげた。皆の言いようが信じられなかった。

「座長、ねぇ、変な男たちに連れていかれたんだよ! 相手は三人もいた! 剣も持ってたんだ! いくら月怜でも逃げられないよ!」

すると座長は皆の顔を見回し、顔をしかめて腕を組む。

「柏林……月怜のことは俺も心配だが、役所に任せろ」

「座長……!」

「俺たちは稽古で忙しい。あいつが見つかったら、顔を出すように言え。こいつらが受け入れるかどうかはわからないが、言い分があるんだったら聞いてやる。お前も早く衣装の準備に取り掛かれ」

そう言って背を向け、皆に立ち位置へ戻れと指示を出し始める。柏林は呆然とその場に立ち尽くした。

ふらふらと出口へ向かう。

（なんで——月怜は仲間じゃないの？　今まで一緒にやってきた——）

動悸が治まらない。役所はだめだ。一座のみんなも助けてくれない。

（どうしたらいい）

一人で探し回っても、見つかるとは思えない。月怜を慕う女たちなら探してくれるのでは、と考えたものの、すぐに頭を振った。皆、月怜との関係を公にするわけにはいかないのだ。おおっぴらに捜索に手を貸せないだろう。

（ああもう、月怜の馬鹿！　女にばっかりもてたって、こんな時には全然意味がないよ！　男からの評価は最悪だし！）

その時、ふと柏林は思い出した。

地位があって、女で——そういう人物に一人だけ心当たりがある。

月怜と暮らした家はがらんとして、寒々しく感じた。外はもう暗い。明かり取りから入る月の光が、筋となって差し込んでいる。柏林は、粗末な棚の上に置かれた小さな籠に手を伸ばす。

その籠は月怜のものだった。彼はほとんど物を持たない。そんな彼が、細々としたものを入れる籠。蓋を開けると、子どもにもらったと思われる押し花やどんぐりが出てきた。その中にひとつ、丁寧に布にくるまれた包みがあった。布を解いてみると、現れたのは見事な装飾の耳飾りだった。それも、片方だけ。

（柳貴妃様からもらった耳飾り……）

ぎゅっとその耳飾りを握り締めると家を飛び出した。柳家の屋敷は都でも有数の邸宅だ。今や知らぬ者はない。

すでに屋敷の門は閉ざされていた。しかし柏林は、どんどんと叩き声を上げた。

「すみません、誰か！」

しばらくすると下男らしき使用人が顔を出した。

「どちら様？」

「柳貴妃様にどうしてもお願いしたいことがあるんです！　ご当主にお取り次ぎを！」

下男は顔をしかめた。

「悪いが無理だ。あんたみたいな人が毎日たくさん来るが、旦那様はすべて断ってる」

「人の命がかかってるんだ！　お願いします！」

「そう言われても――」

「なんの騒ぎだ」

下男の後方から、一見してただの使用人ではない男が近づいてくるのが見えた。

「尚宇様、申し訳ございません。また貴妃様への嘆願(たんがん)です」

尚宇と呼ばれた男が不快そうに柏林を見た。

「さっさと追い払え」

「お待ちください！」

柏林は閉まりかけた扉を押しとどめる。

「どうか話だけでも――」

「貴妃様は個人的な嘆願を受け入れないように我らに命じておられるのだ。皇后となられるお方が特定の誰かの頼みを聞いたとなれば、他の者も殺到する。すべての嘆願を聞き入れるわけにはいかない」

「あ、あの、これを！」

柏林は懐(ふところ)から耳飾りを取り出した。

「これは貴妃様から、私の友人である役者の呉月怜が賜ったものです！　貴妃様も陛下も、大層月怜の演技をお気に召され、お褒めの言葉をいただきました！　その月怜が何者かに攫われて行方が知れないのです、どうかご助力を！」

耳飾りを見下ろした尚宇の表情は冷淡だった。

「……貴妃様からお褒めいただいたからといって、特別扱いしてもらえると？」

「いえ、そんな──ただ」

「呉月怜……確か女遊びが激しく、痴情のもつれで刃傷沙汰も起こしたことがある役者だな。おおかた、また女絡みで恨みを買ったのだろう。身に危険が及ぶのは自業自得だ」

「な……」

「ここではなく、役所へ行くんだな」

そう言い捨てて、尚宇は奥へと去っていく。

「ま、待って……！」

柏林は追い縋ろうとしたが、下男が門の外へと押し出した。どさりと尻餅をつく。

「ほら、もう帰って！」

扉が閉まり、閂をかける音がした。

「お願いです、どうか貴妃様に──お願い！」

扉を叩いても、もう誰も出てはこなかった。

涙が滲んでくる。

（月怜……）

柏林はよろよろと立ち上がると、袖で目を擦って夜道を歩き始めた。

（月怜の言った通りだ……俺の話なんて、聞いてすらもらえない……）

泣きながら橋を渡る。

向こうから人がやってくるのが見えた。男が一人。すうっと懐から何か取り出して、それが月明かりで光る。

それでようやく、柏林はおかしいと思った。足を止め、引き返そうとする。

いつの間にか、後ろからも同じような男が二人、こちらへやってくるのが見えた。手元には刃物が光っている。

月怜を攫った連中だ、と気づいた。

六章

雪媛が街へ出ると言うと、青嘉は渋い顔をした。

「熱が下がったばかりです。お控えください」

注進には耳を貸さず、雪媛は立ち上がる。

「芳明、服は？」

「はいこちらに」

「雪媛様！」

「――なんだ、私が着替えるところが見たいか？」

雪媛が意地悪く笑うと、青嘉は気まずそうに背を向けた。

「……外におります」

仕方なく、部屋を後にする。空を見上げると日暮れが近い。

すると浣絽が、少し戸惑ったような表情で青嘉に声をかけてきた。

「……あの、青嘉殿にお客様です」

「客？」

「はい、それが……永楽殿から」

含みのある口調だった。安皇后の侍女だった浣紹にとって、芙蓉は主の仇だった。永楽殿からの使いに対してすら、複雑な心境なのだろう。

「門のところで待たせてあります」

「……わかった」

待っていたのは珠麗だったので意外に思う。先日の物言いでは、青嘉を避けているように感じられた。

今日はいつになく、そわそわと落ち着かない様子だ。

「義姉上、どうしました？」

珠麗ははっと顔を上げ、何か言おうとして躊躇うように俯いた。

「義姉上？」

「青嘉殿……」

「何かあったのですか？　顔色が……」

「私、どうすれば……」

「え？」

胸の前で両手を握りしめ、震える声を上げる。

「家令から連絡があって……志宝が……落馬して怪我をしたと……」

「志宝が⁉」

「意識が、ないようなのです……」

「義姉上、すぐに屋敷へ戻りましょう。私も行きます」

青白い顔で珠麗が首を横に振る。

「……私は賢妃様のお許しなく後宮を出ることができません」

「では独賢妃に事情を話して許可を」

「……だめなんです……賢妃様は……出産まではずっと傍にいるようにと……外出は認めないと」

涙が頬を伝った。珠麗はそれを隠すように、両手で顔を覆う。

「どうしたら……」

ふらりと傾いた体を青嘉は咄嗟に支えた。

「義姉上！」

「……あの子に、もしものことがあったら……」

「義姉上、ひとまず私が屋敷に戻って様子を見てきます。ですから――」

「何事だ」

雪媛の声が響いた。芳明(ほうめい)を従えてこちらへやってくる。

雪媛は青嘉の腕の中で涙を流している珠麗をちらりと見た。珠麗ははっとして涙を拭(ぬぐ)い、ぎこちなく青嘉から離れる。

「……独賢妃から何か用でも？」

「い、いえ――あの」

言い淀(よど)む珠麗を制して、青嘉が前に出た。

「雪媛様、甥(おい)の志宝が怪我をしたと連絡があったのです。申し訳ありませんが、様子を見てきてもよろしいでしょうか」

「志宝が？」

「はい、意識がないと」

珠麗は俯いている。その顔はひどく青白かった。

「……わかった。行ってこい」

「ありがとうございます。――義姉上は永楽殿へお戻りください。すぐに様子をお伝えしますから」

「何故(なにゆえ)永楽殿へ？　一緒に行けばいい」

雪媛が怪訝(けげん)そうに尋(たず)ねる。

「それが……独賢妃が、義姉上の外出を許可しないようなのです」

それを聞くと雪媛は少し思案(しあん)するような顔になり、小さく息をついた。

「青嘉、連れていけ。私が許可する」

珠麗は驚いたように雪媛を見た。

「ですが――」

「賢妃には、私が琴洛殿(きんらくでん)に呼びつけて留(とど)め置いたと言っておく。――あまり遅くなるなよ」

「わかりました」

感謝します、と青嘉は頭を下げた。

「義姉上、行きましょう」

「え、ええ――」

逡巡(しゅんじゅん)しつつも、珠麗は青嘉に続いて琴洛殿を出た。

（こういったところは、本当に優しい方だ）

賢妃との諍(いさか)いの火種になりかねないというのに、珠麗のために気を配ってくれた。どれほど青嘉を遠ざけていても、雪媛はこうした配慮を忘れない。

王家に戻ると、家令と女中頭が二人を出迎えた。

「旦那様、珠麗様！」

「志宝は？」

「まだ意識が戻りません。――申し訳ございません、私どもがついておりながら」

「落馬したと聞いたが」

「はい、先日拝領した馬を乗りこなそうと、若様は毎日練習されて……」

志宝の部屋へ駆け込むと、珠麗が息子の枕元に飛びついた。

「志宝……！」

小さな体が寝台に埋もれるように横たわっている。その顔は青白く、瞼は固く閉じられていた。

「志宝、志宝！」

珠麗が声をかけるが、目を覚ます気配はない。青嘉は控えていた医者に尋ねた。

「どうなのだ？」

「落馬された際、頭を強く打っておられます。その上、馬の脚が若君の右足を踏みつけたため、骨が砕けており――」

青嘉はその小さな右足に添え木がされているのを見て、眉を寄せる。

「……母上？」

うっすらと志宝が目を開け、小さく声をあげた。

「志宝！」

珠麗は息子の手を取った。医者が志宝の顔を覗き込む。

「――自分の名前を言えますか？」

「……王志宝」

「では、この人は誰ですか？」

珠麗を指して、医者が尋ねた。

「母上……」

「では、こちらは誰かわかりますか？」

今度は青嘉を示す。

「……叔父上」

医者は安心したように頷いた。

「大丈夫なのか？」

「意識ははっきりしています。もう少し経過を見る必要がありますが……むしろ、問題は足の怪我です」

医者は少し声を潜めた。

「元通りには、ならないでしょう」

「……なんだと？」

「恐らく、一生足を引きずることになるかと……」

珠麗は息を呑む。青嘉もまた、信じられない思いで幼い甥の姿を見下ろした。

（そんなはずが、ない……）

青嘉が生きた、最初の人生——その中で志宝は、成長して立派な将軍となった。もちろん、足を引きずってなどいない。

（そもそも、こんな落馬事故は起きなかった……）

「そんな……」

珠麗は息子の手を握ったまま呆然としている。

「志宝は……あの拝領した馬に乗っていたのか？」

青嘉が尋ねると、家令は泣きだしそうな顔で「は、はい」と頷いた。

「大層気に入られて、毎日のように……」

御料牧場へ連れていったのは自分だ。そこへ様子を見に来た雪媛が、碧成に許可を得て一頭の馬を志宝へ下賜した。

珠麗を残してそっと部屋を出ると、青嘉は厩へと向かった。

繋がれた栗毛の馬は青嘉の足音に気づくと耳を立て、宝石のような黒い目を向けた。

（この馬は……雪媛様がいたからこそ、志宝のものになった）

かつて生きたもうひとつの世界に、この時点で雪媛はいなかった。暗殺され、すでにこの世の人ではなかったからだ。だから当然、この馬が王家にもたらされることもなかった。この馬が来なかったので志宝は落馬しなかった——。

そう考えて、青嘉は胸が疼くのを感じた。つまり、青嘉が歴史を変えなければ——雪媛を助けなければ——志宝はこの怪我を負わなかったのではないか。

空を見上げる。すでに日は落ち、代わりに月が浮かんでいた。

死の間際に見上げた月を思い出す。あの時考えていたのは、雪媛のことだけだった。

厩を出て志宝の部屋へ戻ろうとすると、庭の小さな池の前に座り込んでいる珠麗の姿を見つけた。

「——義姉上」

声をかけても珠麗は振り返らなかった。泣いているのかと思った。しかし近づいてみると、ぼんやりと表情をなくしているが涙は流れていない。

「義姉上」

もう一度呼びかけると、ひくり、と肩が揺れた。

「志宝は？」

「……眠っています」

「ここは寒いでしょう。中へ……」

「あの子は……」

どこを見ているのかわからない目をして、珠麗が言った。

「いつも、父上や叔父上のようになりたいと言っていました。立派な武将になると……戦に出て……敵を打ち負かすと……」

「……義姉上」

「小さな手で剣を振って……上達したと褒められれば、嬉しそうに私のところへやってきて……」

でも、と珠麗が言葉を詰まらせる。

「足の悪い武将など……おりましょうか」

堰を切ったように、涙が溢れ出す。月明かりがその顔に陰影を刻み、まるで黒い血を流しているように見えた。

「どうして、あの子が……」

「義姉上、まだわかりません。養生してしっかり治療をすれば、完治することも……」

「………貴妃様のせいです」

震える声で、珠麗が言った。

「あの方が、あんな馬など与えるから」

自分の罪を暴かれたようで、青嘉はどきりとする。

「義姉上……」

「上達するのが楽しみだと、あの子をけしかけるから！　だから志宝は……！」

地面に臥すように、珠麗は号泣した。

青嘉は驚いた。確かに雪媛は志宝にそう言っていたが、何故珠麗がそれを知っているのだろうか。

「いいえ、私が悪いのです、義姉上！　私が志宝を御料牧場へ連れていったのが――」

「貴妃様はお子がいないから、気まぐれにあの子を可愛がって満足だったのでしょう！　欲しがるものを与えれば機嫌が取れて、自分に懐くのだから！　志宝はあの方の都合のいい人形じゃない！　私の子です！」

泣き叫ぶ珠麗は、見たこともないほどに感情的だった。

「あの子の足を返して……！」

青嘉は珠麗を抱き締めた。

「義姉上！」

「全部貴妃様のせいです……貴妃様の……っ！」

「——珠麗！」

青嘉が名を呼ぶと、珠麗は虚を衝かれたように涙に濡れた顔を上げた。そして、くしゃりと表情を歪めると、ぼろぼろと涙をこぼしながら青嘉の胸に縋った。

嗚咽を漏らす珠麗を宥めるように抱き締めながら、青嘉は池に映り込む月を見つめた。

立派な武将になった志宝はよく母を気遣い、彼女のために孝養を尽くしていた。結婚し、妻子とともに珠麗と幸せそうに暮らした。やがて珠麗が、病で亡くなるまで。

あの未来は、もうやってこないのだろうか。

（歴史を変えれば——代償を払わなければならないということか）

「……珠麗」

珠麗は腕の中で泣いている。月を見上げたまま、青嘉は誰にも聞こえないほど小さく呟いた。

「許してくれ……」

青嘉と珠麗を送り出してから雪媛は改めて変装を施すと、潼雲と瑯を護衛に連れて後宮を抜け出した。

先ほど目にした光景が、頭から離れない。涙を流す珠麗、それを抱き締めている青嘉――意識から振り払うように、馬で駆けた。

柳家の屋敷の門を潜ると、すぐに尚宇が出迎えた。

「郭陸君の件はご苦労だった、尚宇。お蔭で陛下はご自分の裁断にご満悦だ。よき臣を失った、とお嘆きにはなったが」

「郭の後任は？」

「陛下が、やつに報いたいから跡継ぎを据えろと言うので、娘婿が就く」

「しかしそれでは――」

「俗物ではあったが、命を捧げてもらった代償にそれくらいは許そう」

「承知いたしました。……ですが、田州刺史には柳一族の者を据えていただけるのですよね？」

「安心せよ。陛下の確約をいただいている」

かあ、と烏の小舜が鳴き声を上げて瑯の肩にとまった。

「小舜、ほりゃあ何なが？」

卿が、鳥の嘴からぶらさがったものを手に取った。

「こがなもの、どこから持ってきた？」

「どうした？」

潼雲が尋ねる。卿は耳飾りを取り上げて肩を竦めた。

「光るもんが好きやき、よおどこかで拾ってくる。こいつの巣はそういうお宝でいっぱいになっちゅうが」

それは紅玉の耳飾りで、相当な値打ち物に見えた。雪媛は彼らの会話になんとはなしに耳を傾けていたが、卿が手にしたそれを目にしてはっとする。潼雲もまた、怪訝そうにしていた。

「これは……雪媛様のものでは？」

雪媛はつかつかと卿に近づくと、まじまじと耳飾りを眺めた。今つけている小ぶりの耳飾りとは別物だった。

「これは確かこの間、芝居を観た日につけた……」

「雪媛様が、役者にお与えになったものでは」

「そうだ。どうしてこんなところにある？」

ああ、と尚宇が声を上げた。

「先ほど、それを持って訪ねてきた者がありました。落としたのでしょう」

「あの役者が？」

「いえ、一座の者と言っていました」

「何の用だったのだ？」

「たった一度の舞台で気に入られたと自惚れているようです。雪媛様が気になさるような用向きではございませんでした」

「――どんな用だった、と訊いている」

雪媛が強い口調で尚宇を睨みつける。尚宇は少し臍を曲げたように、ため息交じりに口を開いた。

「……その役者が、誰ぞに連れ去られたと申しておりました。助けてほしいと」

「連れ去られた？」

「恐らく女絡みの揉め事です。女遊びが激しく、そういった騒動の多い役者ですからね。役所に行けと申しつけましたので、ご心配なく」

「……それはいつのことだ」

「つい先ほどですが」

雪媛は手に取った耳飾りを見つめた。

「潼雲」

「はい」

「まだ近くにいるはずだ。その者をすぐに追え。瑯は私につけ」

すぐに潼雲は動いた。軽く一礼すると門を出ていく。

雪媛も続いて足早に屋敷を出ようとすると、尚宇が「お待ちください」と声を上げた。

「あんな者に関(かか)わるおつもりですか？」

「口を挟むな」

「賢妃の腹の子のことは、どうなっているのです」

険しい表情を向けられ、雪媛は足を止めた。

「最近の雪媛様は――弱くおなりです」

「……なんだと？」

「以前のあなたなら、有無を言わさず即座に行動に移していたはず」

「尚宇」

「我らには大望がある。そうでしょう？　手段など選んでいる余裕はない。それなのに――」

尚宇ははっと口を噤んだ。雪媛が、射るような目で彼を見据えている。

「行くぞ、瑯」

雪媛は身を翻す。

「……雪媛様！」

尚宇がまだ何か叫んでいたが、無視した。

(弱くなった——？)

尚宇の言葉にぎくりとさせられた。事実、雪媛は迷っているのだ。

門を出ると、すでに潼雲の姿はなかった。

(言われた通りにしたなら役所へ向かうか……だがわざわざここへ来たなら、役所が取り合わなかったからだと考えるべきだ)

「——声がする」

瑯が足を止めた。

「剣の音も」

瑯が示した方向へと急ぐ。

ちょうど目の前を道を横切るように、男が一人吹っ飛んでくる。雪媛は足を止め、瑯が前に出た。男はそのまま壁に激突して、意識を失う。

角を曲がると細い川に橋がかかり、月明かりの下で潼雲が剣を振るう姿が照らし出されていた。足元に倒れている男が一人、さらにもう一人と剣で斬り結ぶ。橋のたもとには少年が一人、怯えたように蹲っていた。

最後の一人を剣の柄で殴り倒して潼雲は剣を収め、少年に声をかけた。

「大丈夫か？」

少年は震えながらもこくこくと頷いた。

「潼雲、何があった」

「この者が襲われていたので――」

すると少年は信じられないというように大きく目を見開き、喘ぐように声を上げた。

「…………柳貴妃様！」

そうして、ばっと両手を地につく。潼雲と瑯は警戒して雪媛を背後に庇った。

「わ、私は、夏柏林と申します！　先日、皇宮にて芝居を披露させていただいた一座の衣装係をしております！」

「……この耳飾りを持ってきたのはお前か？」

「は、はい」

柏林は頭を地面に擦りつけた。

「貴妃様、お願いでございます。当一座の女形役者、呉月怜をお助けいただきたいのです！」

「痴情のもつれで恨みを買ったとか」

「いいえ、いいえ貴妃様！　月怜は――」

意を決したように顔を上げた柏林は、唇を震わせた。

「月怜を襲ったのは恐らく――昌王様の命を受けた者です」

碧成の異母兄の名が突然出てきて、雪媛は目を眇めた。

「昌王？」

「私は――私はあの天覧舞台の日、昌王様が誰かと話しているのを聞きました。あれは……あれは謀反の企みでございます！　陛下と、貴妃様を亡き者にするための計画でした！」

瞳雲と瑯も顔色を変える。

「私は恐ろしくなって逃げましたが、気づかれてしまいました。私と一緒に追われるうちに、月怜は小道具の耳飾りを落としたようなのです。私たちは逃げることができましたが、たぶん追っ手はその耳飾りを拾い、それが月怜のものだと気づいたのです。先日、一座の他の女形役者が何者かに殺されました。月怜の衣装を着ていたので間違えたんだと思います。それで、今度こそは月怜を――」

どうか、と柏林は泣きだしそうな声を上げた。

「助けてください、月怜が殺されてしまいます!」

再び頭を下げる柏林を見下ろしながら、雪媛は思案した。

(昌王の謀反……起きるのは一年後のはずだ)

昌王は地方で勢力を集めて兵を挙げ、都へ上ろうとするがその途上で捕らえられ、処刑された。背後には他国の協力があったと言われている。結果、昌王は処刑されたと史書にはあった。

「……その謀反の計画とは、どのようなものだ?」

それに符合する内容をこの少年が聞いたのなら、確かな情報かもしれない。共犯者や詳しい計画が分かるなら、それに越したことはなかった。

しかし柏林は、額を地面に擦りつけたまま、雪媛の質問に答えようとしない。

「月怜を――助けてください」

そして、ゆっくりと顔を上げる。

「助けていただけたら――私が聞いたことを、すべてお話しいたします」

強い眼差しが雪媛を仰ぐ。柏林の表情には、恐れと決意が浮かんでいた。

（私と取引するつもりか）

友人を救うための嘘かもしれない。それでも、少し愉快な気分になった。

「柏林……といったか。その昌王と話していた相手が誰だかはわかるか？」

「……顔は見ました。それなりの身分がある方だと思います。実は今日、役所で姿を見ました。京兆尹と話をしていたんです。それで、恐ろしくなって……」

「それで、柳家に来たのだな」

「は、はい……分を弁えぬ振る舞いとはわかっています。ですが、月怜は私にとっては家族も同然なんです！」

お願いします、と体を丸めるように再度頭を下げた。

雪媛はその横を素通りして、橋を渡っていく。気づいた柏林が「待ってください！」と追いすがる。

「あの……っ」

「――瑯」

「はい」

「青嘉を呼んでこい。まだ王家の屋敷にいるだろう」

こくりと頷くと、瑯は瞬く間に駆けていく。

「ついてこい、柏林」

「男に二言はないだろうな。私が呉月怜を救い出したら、すべて話してもらうぞ」

「え……」


金孟の店を訪ねたのはすでに夜更けだった。

卿が連れてきた青嘉の表情は固く、志宝の容体がよくないであろうことが察せられた。

「……志宝はどうだ」

「意識は戻りました。医者も、命に別状はないと」

それきり、青嘉は口を閉ざした。よい知らせのように聞こえたが、それにしては随分と思いつめたような顔をしている。

(珠麗と何かあったのか?)

そう思ったが、雪媛は何も言わなかった。

こんな夜中に起こされた、美容に悪い、と金孟は不満そうにぶつぶつこぼしながら現れたが、青嘉の姿を見るところりと態度が変わった。

「あらあら！　青嘉ちゃんじゃな〜い！　来てくれたのね、嬉しい〜〜！」

どすんとぶつかるように抱きつかれ、青嘉はすべてを諦めたような無の表情になった。

「……夜分に恐れ入ります、金孟様」

「もうっ、寂しかったんだからぁ～！」

「金孟、悪いが頼みがある。——ああ、そのまま青嘉にへばりついていていいから聞いてくれるか」

体を撫で回されてなんともいえない顔になっていく青嘉を横目に、雪媛は腰を下ろす。

「今日、人が一人消えている。都を出たかどうか、どこへ行ったか辿る方法は？」

金孟は眉を寄せた。

「情報の見返りは？」

雪媛は青嘉に目線を送る。すると青嘉はその意を察して、しばらく煩悶したようだったが、思い切るように金孟を引き寄せると顎をくいと持ち上げて顔を近づけた。

「お願いです金孟様……あなたしかいないんです」

金孟は目を輝かせ、うっとり陶酔の表情になる。

「じゃあ今度、うちに食事に来てくれる？」

「…………では、瑯と潼雲も誘いましょう」

「きゃあ、天国ぅ！」

両手を頬に当てて飛び跳ねる金孟に、雪媛は柏林を襲った男たちから聞き出した内容を伝えた。金で雇われた男たちで、雇い主が何者かは知らないと口を揃えて言った。

「やつらは金をもらう代わりに呉月怜を殺せと命じられていたが、あれだけの人気役者なら殺したことにして売り飛ばせばさらに金が入る、と考えたらしい。まったく……黒幕が本当に昌王だとしたら、よほど人材がいないらしいな。こんなやつらに重要な密事を任せるとは」

「あんたが怒るところじゃないわよね、それ」

「それで、仲買人に引き渡して金を受け取ったそうだ。西域との取引で実績があると言っていたらしい。そうした取引を行っている者に心当たりは？」

金孟はふむふむと頷きながら、まだ青嘉にべったりと寄りかかっている。隙を見て至るところを撫で回そうとするので、その度に青嘉が無言で阻む。

「国外への人売りねぇ。官婢以外は取り締まりもあるから都だとおおっぴらにはできないわ。もう都は出ていると思ったほうがいいわね。西域へ物を運ぶなら陸路と海路があるけど、人の売り買いの場合大抵が海路よ。陸路だと山脈や砂漠越えがあるし、生きた商品がもたない可能性がある。船のほうが速いし、たくさん運べるからね。——ちょっと」

金孟は手を打って番頭を呼び出す。何事か耳打ちされて、番頭が出ていった。

「調べさせるからちょっと待ってね。――それにしても呉月怜を殺そうとするなんて、都中の老若男女から悲鳴が上がっちゃうわね。まぁ、月怜はあたしの趣味じゃないんだけど」

「案外お前の好みも細かいな」

「だーって、そりゃ見た目はとびきりだけどね、月怜の女遊びって金蔓を捕まえるのが目的なのが見え見えで粋じゃないのよねぇ。それでも金を出した女たちは誰も彼を悪くは言わないっていうから、相当上手くたらし込んでるんでしょうけど。あたしはぁ、そういう遊び人より、青嘉ちゃんたちみたいな実直な武人系が好み～」

ぎゅっと抱きつかれ、表情をなくして微動だにしない青嘉を、柏林がはらはらと心配そうに見つめている。

番頭が戻ってきて何事かを金孟に囁いた。

「蒲轟の港に向かったみたいね」

蒲轟は都から一番近い港町だ。

「もう船に乗せられていたら――」

柏林がそう懸念すると、金孟は自信ありげに言った。

「大抵、まずは蒲轟の港で競りにかけられて、それぞれの買い手に引き取られていく。船はそう多くないから、出港の機会を待つために商品はしばらく港の近くに集められるはずよ。次の船が出るまであと数日あるわ」

雪媛は不在を誤魔化すよう芳明に指示を出す書状をしたためてから、馬で蒲轟へと向かった。柏林は金孟の店で匿（かくま）わせるつもりだったが、一緒に行くと言って本人が拒（こば）んだ。

「全部俺のせいなのに、自分だけのうのうと隠れているのは嫌です。月怜を助けたいんです。俺も連れていってください」

蒲轟に到着する頃にはすでに日が昇り、町は活気に溢れていた。商人たちが行き交い、露店には珍しい外国の品が並んでいる。

「――雪媛様」

目立たないように人気（ひとけ）のない廃船置き場で雪媛が待っていると、船乗りに話を聞きに行った青嘉たちが戻ってくるのが見えた。

「どうだ」

「公（おおやけ）にできる商いではありませんから、皆知らぬふりをしています。ただ、荷を積む役夫（えきふ）に金を握らせたら、妙な人の出入りがあるという場所を教えてくれました」

「競りの会場か」

「人を隠すにも場所が必要なはずです。どこに押し込めているのか……ひとつずつ当たりますか？」

その日一日、手分けをして探りを入れたが、思うような手がかりは得られなかった。

「……どれも外れです。確かに人の売り買いを行っている商人はいたのですが、連れてこられていたのは女ばかりです。今は我々もお忍びですからその場で解放してやるわけにもいかないので、船が出る前に役所を通じて取り締まりをさせます」

潼雲が報告する。

「船が出るまで、近くの村や山中に潜伏している可能性もあります。捜索範囲はこの町だけではなくもっと広げたほうが――」

「いや、もういい」

雪媛が言った。

「え？」

「探すのは――やめよう」

柏林は表情を強張らせる。

「そ、そんな、貴妃様」

柏林は慌てて雪媛の足元に跪く。

「お願いです、月怜をお助けください！　どこかにいるはずです！」

「兵士を動員してすべてを家探しすれば見つかるだろうが、大っぴらな捜索はできない。

何がきっかけで、こちらが謀反の計画を知ったと相手に悟られるか、わからないからな」

「……では、見捨てるのですか……？」

柏林の瞳に涙がじわりと浮かんだ。

白い手を伸ばし、雪媛は柏林の涙を拭ってやる。どぎまぎしたように目を瞬かせる柏林に、にやりと笑った。

「いや、探すのではなく——炙り出してやろう」


青嘉は自分の顔が恐ろしく引き攣っているのを感じていた。

「おい青嘉、笑え」

「………………無理です」

「もっと嬉しそうにしろ」

雪媛が耳元で囁く。

（何故こんなことに——）

青嘉は港一の高級宿の中、最も豪奢な部屋の長椅子に腰かけていた。この宿まるごと、雪媛が貸し切ったのだ。

　そして雪媛はそんな青嘉の膝の上に横座りになり、しどけなく身を寄せている。右腕はその首にぶら下がるように絡ませて、左手には酒の入った杯を持っている。けばけばしいほどの化粧は常にないほど悪趣味で、額に描かれた赤い花鈿と対になったような真っ赤な紅も品のない色だった。

　纏った衣も布地や刺繍こそ一級品でありながら造りが俗っぽく、胸元が開いているのはいつものこととはいえ、薄い裳の合わせ目から膝の下が覗いて、あろうことか白い脚が露になっている。

　集められた商人たち、それに噂を聞いてやってきた野次馬たちが、その様子を惚けたように眺めていた。

「――で、では奥様は、使用人をご所望で？」

　商人の一人が尋ねた。

「ええ、そうなのです。この通り、私はいつも身の回りの世話をさせる若い男を雇っております。その土地土地で見栄えのよい者がいれば、連れて帰ることにしているのです」

　雪媛はそう言って、自分の敷物代わりになっている青嘉と、その後ろに立って酒器を載せた盆を掲げている潼雲、そして足元に座り込んでいる瑯を示した。彼らもまた雪媛の衣装に合わせてきらびやかに着飾っている。

「この町にもよい者があれば、是非皆様に紹介していただきたいの。奴婢(ぬひ)でもなんでもかまいません。気に入れば、その家族や持ち主には言い値を払いましょう」

そう言って雪媛はゆっくりと、よく見えるように高く脚を組んだ。皆が一斉に視線をそちらへ集中させるのがわかる。それも当然で、胸元を露にするのは昨今の流行だから見慣れていても、女が人前で脚を見せることなど通常あるものではない。

ところが安宿の娼婦のような装(よそお)いや振る舞いが、それでも妙な美しさを醸(かも)し出すのが柳雪媛だった。

「——奥様、お飲み物を」

潼雲が恭(うやうや)しく杯に酒を注ぐ。

雪媛は満足そうに微笑むと、褒美だとでもいうようにその頰を撫でてやる。潼雲は頰を染め瞳を輝かせた。陶酔したような表情は、演技だけではなさそうだった。

「見ろ、潼雲を見習え」

小声でそう言われ、青嘉は苦い顔をした。

「……あれは素(す)です」

かつて芙蓉(ふよう)のために人生のすべてを擲(なげう)った男だ。その対象が芙蓉から雪媛に変わっただけだった。なんでもやるのだ。

控えていた下男役の柏林が、商人たちに手元の箱を示す。

「奥様がお気に召す者を紹介した方には、こちらの金をお礼に贈らせていただきます。情報を提供していただくだけでも結構です」

箱の蓋を開けると、輝く黄金の塊が折り重なっている。どよめきが上がった。

「あの、どのような者がお好みでしょう？　歳や風貌などお聞かせいただければ、それに見合った者を探してまいりましょう」

「人はそれぞれ違うもの。ひとつの風趣に偏ることは好みません。私の心の琴線にさえ触れればよいのです。――たとえば、この者は」

と雪媛は、足元の瑯に手を伸ばした。

「赤子の頃に山に捨てられ、狼に育てられたのです。未だに人の言葉を話すことができません」

瑯は獣のように丸くなって雪媛の手にごろごろと擦り寄り、喉を鳴らした。実際に狼と一緒に暮らしていただけあって、動きのひとつひとつがさすがに板についている。

「それでもその野性味が気に入っております」

「がう」

なりきっている瑯に、青嘉は天を仰いだ。

「それからこの者は……」

　雪媛は青嘉の顎を掴んで、頬の傷がよく見えるようにぐいと横を向かせる。

「御覧の通り顔に傷がついておりますが、そこに味があります。完璧なものよりも、どこか欠けたものに魅力を感じるのが人ではございませんか？」

　つう、と頬の傷を指でなぞる。

「この者は今は滅びた国の、古い名家の出なのです。剣の腕も立つので高い値がついておりましてねぇ。これを買うために、屋敷をひとつ売り払いました」

　どよめきが起きる。

「気に入ったものには金に糸目をつけぬ主義なのです」

　くすくすと笑ってみせる。

「私が買い取った者たちには辛い思いなどさせません。よい服、よい食事、よい部屋を与えております。これ、ご覧の通り、今では皆心から私に尽くしているのです」

　そうであろう？　と促された潼雲は、

「はい、奥様にお仕えできて毎日幸せでございます！」

　と目を輝かせた。

　その様子に、集まった者たちは羨ましそうな表情すら浮かべている。

「奥様、じゃあ俺を雇ってくれ！　腕っぷしには自信がある！」

　噂を聞いて集まってきた、港の雑役夫らしき男が名乗りを上げた。雪媛はその男に満面の笑みを向ける。

「――悪くないねぇ」

　そう言われて意味ありげな目線を送られた男は、一気に相好を崩してだらしのない顔をした。

「……でも今は、男らしい者よりも、女子と見まがうほど美しい者を傍に置いてみたいのです」

「美しい男、ですか」

「ええ……そういった者がいたら是非連れてきてほしいのです。どこぞで見たという話でも構いません。お礼はたっぷりと弾みましょう」

　にたり、と雪媛は笑みを浮かべた。


　自分がどこにいるのか、飛蓮にはわからなかった。

　最初に気がついたのは真っ暗な場所で、がたごとと揺られていたのでどこかへ移動している馬車の上だろうと思った。次に押し込められたのは山中にある古びた小屋で、そこには他にも数名、飛蓮のように捕らわれている者たちがいた。彼らの口ぶりから、自分は人買いの手に渡ったらしいと見当をつけたが、いったい何故こんなことになったのかわけがわからない。路地で襲われた時は、暗殺者がついに自分を見つけたのだと思った。だから、すぐにその場で斬り捨てられるだろうと覚悟を決めた。

（どうなってるんだ……？）

　やがて小屋から出され、競りにかけられた。飛蓮を買った男は「お前は西域に送られる」と言っていたが、しばらくして飛蓮を別の男に引き渡した。高値で売れた、と満足そうだった。

　そして今、薄暗い部屋の中で飛蓮は一人留め置かれている。手も足も縛られて身動きがとれず、ごろりと横たわっていることしかできなかった。しかも、ここに連れてきた男は恐ろしく強い酒を無理やり飛蓮の口に流し込んでいったので、頭がぐらぐらして気持ちが悪いことこの上なかった。

　僅かな燭台の炎を頼りに見回すと、調度品やらなにやら、かなり上等な部屋だとわかる。ひどく静かだ。

　がたん、と音がして扉が開いたので、飛蓮は身を強張らせた。

誰かが入ってきたようだ。朦朧とした意識の中で、目を凝らす。炎がその人物の顔を照らし出した瞬間、飛蓮は愕然として息を詰めた。

「……なんで」

律真の母である京が、物言わずこちらを見下ろしている。このような再会をするにはあまりにも意外すぎる人物に、飛蓮は言葉を失った。闇の中でちらちらとした明かりに照らされた白い女の丸い面は、どこか人形めいて見える。

「どうして、あんたがここに――」

「……口の利き方に注意なさい。私はお前の主人よ」

そう言って京は、飛蓮の顔を覗き込む。

「私がお前を買ったんだから。――遊び人の呉月怜をね」

「買った……？」

京は椅子に腰かけた。

「都に来て、人気の役者が出るという芝居を見に行ったわ。世にも美しい男だと皆が言っていたから、どんな役者かと思ったら……まさかお前だったとはね。最初に見た時は本当に驚いたわ」

思い出すように語り始める。

「でももっと驚いたのは……お前が見境もなく、女たちと戯れていたことよ」

飛蓮は戸惑っていた。目の前の女の存在が信じられないし、どうしてこんな話をしているのかわからない。酒のせいで京の声が頭にきんきんと響いてきて、余計に考えはまとまらなかった。

「あの処刑の日、私はてっきりお前が死んだと思っていたわ。でも後になって、弟のほうが自首をしたと聞いた。お前が生きていると知って私は……」

ふと口を噤む。

「しばらくしてお前が村から消えた。あれきり、お前も、お前の母も私の夫も、いなくなった……店は傾きかけて、立て直すのに必死だったわ。律真のためにね」

あの子は結婚したのよ、と京は満足そうに胸を張る。

「郭様のお嬢さんとね」

「……藤清と？」

「子どももできたの。ようやく肩の荷が降りたと思ったわ。それで、弟に招かれて都に来た——そこで、お前を見たのよ」

暗い目で射貫かれ、飛蓮は息苦しさを感じた。粘りつくようなこの視線には覚えがある。

「お前の母親のせいで、お前のせいで——私はあんなに苦しんだというのに、お前は笑って女の肩を抱いていたわ」

　立ち上がった京が、ゆっくりと近づいてくる。自由にならない体で、飛蓮はもがきながらじりじりと後退った。

「私の手は、振り払ったくせに……」

「……え？」

「私を惑わしておいて……」

　わなわなと震える京は、感情の高ぶりを抑えられないようだった。

「忘れられなかった……ずっと……いなくなってからもずっと……お前の顔が浮かんで……それなのにお前は、あんな女たちと遊び回って……！」

　ぬっと手が伸びてきて、飛蓮は身を捩った。でも、と京は語気を荒くする。

「今日からお前は、私のものよ」

「触るな！」

　飛蓮はぎろりと京を睨みつけ、必死で抵抗する。

「――触るな、汚らわしい！」

　京は青ざめ、伸ばした手をぎゅっと握り締めた。

「あ、あの女たちのことは、さんざん甘い言葉で喜ばせてたくせに！　誰彼構わず手を取って抱き寄せて！　独家の奥方のところには、昼間から通ってた……！」

まるで行動を逐一見張っていたような口ぶりに、ぎょっとする。

「なんで、それを……」

「見てたわよ、ずっとね！　都に来てからも——あの頃、律真を訪ねてきていた時だって！　お前が悪いのよ、あんなに私に微笑みかけたくせに！」

「何を言って……」

しゃくり上げながら無理やりに飛蓮の胸に顔を寄せ、京は涙を流した。

「お前が殺されると聞いて気が気ではなかったのよ！　だから急いでここまで追ってきた」

「……殺される？」

「弟が話しているのを聞いたのよ。お前を殺すために刺客を向かわせると。でも雇った刺客たちはお前を殺さず、人買いに売り飛ばした。こんな機会、二度とないと思ったわ——」

顔を上げ、飛蓮、と切なげに呼ぶ。

「弟に本当のことが知れたら、お前は殺されるわ。……でもこのままお前を死んだことにしてしまえば助かるのよ。私が匿ってあげる。絶対に守ってあげるから、どこか遠いところで二人で暮らしましょう」

ね、と甘えるように泣いている京の様子に、ぞっとする。

（誰のせいで飛龍が死んだと——）

こんな女のせいでと思うと、怒りと悔しさで目の前がくらくらとした。

二度と会うことのないだろう母親とその姿が重なって見えた。息子たちを捨てて男と逃げたあの母親。飛龍が死んだことを、今も知りはしないだろう。

飛蓮は視線を巡らせた。出口はひとつ。ともかく、身体が自由にならなければどうにもできない。

「……俺を、助けるためにこんなことを？」

「そうよ、全部お前のために！」

「奥様……」

じっと京を見つめてやる。

「ごめんなさい、そうとは知らずに……動顚していたんです、突然攫われて何がなんだか……」

「飛蓮……」

軟化した飛蓮の態度に、京は目を輝かせる。

「一緒に逃げてくれるんですか？」

「ええ、このまま遠くへ行きましょう！　弟に見つかっては大変だわ」

弟、とは唐智鴻のことだろう。柏林が見た、昌王と密談していた相手の正体がこれでようやくわかった。

「……奥様、腕が痛いんです」

飛蓮は弱々しく懇願するように京に視線を送った。

「これを外してくださいませんか」

「だめよ」

「逃げたりしません。手足が自由になっても酒のせいで、身体が言うことを聞きませんから……」

「だめったらだめよ。安全な場所に行くまではね」

「──京」

初めて名を呼ばれ、どきりとしたように京が瞬いた。

「ひ、飛蓮……」

「外して。……これじゃあなたに触れることもできない」

京の体温が跳ね上がったのがわかった。しばらく逡巡したものの、京はごくりと喉を鳴らすと懐から匕首を取り出し、飛蓮の縄を切りにかかる。

「痛かったわよね、ああ、痕が残ってるわ」

縄を解き、痛ましげに飛蓮の手を取る。そのまま京を引き寄せると、飛蓮は微笑んだ。

「大丈夫、たいしたことじゃない……」

「飛蓮……っ」

上擦(うわず)った声で、京は飛蓮に見入っている。

その瞬間、飛蓮は京の匕首を奪い取り、どんと突き飛ばした。

「きゃあっ！」

足の縄を切る。立ち上がろうとするとさすがにふらふらとした。部屋を出ようと扉に向かう飛蓮の脚に、京が縋(すが)りついてくる。

「だめぇっ！」

床に引き倒され、飛蓮はもがいた。思うように力が入らない。

「どうして逃げるのっ！」

「放せっ……！」

「お前は私のものなのよ！　どこへも行かせない！」

京は揉(も)み合いの中、飛蓮の手からこぼれ落ちた匕首を拾い上げた。

「他の女のところへ行く気なのね⁉」

振りかざした刃(やいば)が、飛蓮に向かって降ってくる。慌てて体を転がして躱(かわ)したが、京は泣きながら匕首の柄を握り締め、切っ先を飛蓮に向けた。

「嫌よ、もうお前が他の女を抱いているところなんて見たくない……！」

馬乗りになった京の顔は醜悪そのものだ。

殺される、と飛蓮が覚悟したその時だった。

扉が弾かれるように開いたかと思うと、一足飛びで京に躍りかかった男が匕首を叩き落とす。京は悲鳴を上げて倒れ込んだ。

「月怜、大丈夫⁉」

柏林が飛蓮に飛びついてくる。

「柏林⁉　なんでここに――」

「助けに来たんだよ！　……無事でよかった。怪我は？」

「いや……でも、お前どうやって……」

飛蓮は京を取り押さえている男を見た。頬に傷のある武人風の男が、「この者はどうしますか？」と背後に尋ねている。

頭からすっぽりと布を被った女が、静かに部屋に入ってくる。京を見下ろすと、女は冷ややかに言った。

「――若い男に血迷ってここまでするとは、呆れるを通り越して、もはや憐れに感じるな」

「放して！　なんなのよ、邪魔しないで！」

京は激しく身を捩り、女に向かって叫んだ。

「飛蓮は渡さないっ、私のものよ！」

すると女は少し小首を傾げるような動作をした。そして優雅な手つきで布を僅かに目元まで上げる。その顔に、飛蓮は息を呑んだ。

雪媛は飛蓮の視線に気がつくと、艶やかに微笑みかけた。

七章

先帝の陵墓に向かう皇帝の行列を前にして、人々は皆ひれ伏している。輿に乗った雪媛は、帳を僅かに開き、前を行く碧成の輿を見つめた。

まもなく、昌王が碧成を討とうと奇襲をかけてくるはずだった。併走する青嘉たちも、油断なく周囲を警戒している。

（本当に今日なんだろうか……）

雪媛の知る歴史では、昌王の反乱は今日この日に起こるものではなかった。

柏林が聞いた計画は、かつての自分――玉瑛が学んだ史実とは異なっている。

（私の知る歴史は、もう当てにならないということだろうか……私が意図的に掻き乱した世界は、人の動きを変えて、新しい道筋を辿ろうとしているのか？）

それでも雪媛はまだ注意深く動静を見守っていた。月怜と柏林が生きているとわかれば、昌王は計画を中止するはずだ。二人は金孟に頼んで隠してあるし、刺客たちにはあの二人を確かに殺したと報告させた。

（それにしても——唐智鴻が関わっていたとは）

京の証言からも、そして柏林の証言からも、昌王を唆していたのは唐智鴻に違いなかった。

（これで謀反が実際に起き、昌王を捕らえて吐かせれば、あの男が計画に荷担していたことは明らかになる。やつを引き立てた高易も道連れだ）

そうなれば極刑は免れない。唐智鴻は二度と芳明と天祐の前に姿を現すことはできなくなる。

道中は何事もなく、陵墓まで辿りつく。

碧成には何も伝えていない。もし雪媛の知る史実のほうが確かで今日何も起きなければ、雪媛に不利になる。代わりに、密かに陵墓周辺に兵を配置してあった。碧成一行の護衛はあえて僅かな数に絞っている。より狙いやすいように。

（謀反が起きてくれれば、すべてやりやすくなる）

陵墓の前には供物がずらりと並べられ、香が焚かれている。

「一度、そなたとここに来たいと思っていたのだ」

碧成が言った。

「……幼かった余の目には、そなたが真に父上を慕っているように映った」

「陛下？」

「父上に比べれば余は未熟者だ。だが、これだけは言える。父上よりも、そなたへの想いは深い。──誰よりもだ」

ぎゅっと手を握り締められ、雪媛はそっとその手を握り返した。

「……碧成」

名を呼ばれ、碧成は驚いたように雪媛を見つめた。皇帝となった今、その名を呼ぶ者はこの世にいない。たとえそれが実の母であってもだ。

「今、ともにあるのはあなたです。そしてこれからも、そのお傍に雪媛はおります」

「雪媛……」

「ご無礼を。どうか罰してください」

碧成の頬が紅潮し、僅かに目が潤む。少し震えた声で呟いた。

「いや……これからも、たまには名で呼んでほしい」

雪媛は優しく微笑む。幼い頃に母親に名を呼ばれた記憶でも思い出しているのだろう。

老いた先帝も、二人きりの時にこうして名前を呼ばれるのを好んだものだ。

碧成が陵墓に礼拝する。

その時だった。かすかに、鬨の声が聞こえた気がした。

「――陛下！　陛下、大変でございます！」

護衛の兵士が駆け込んでくる。

「昌王様の軍勢が、こちらへ押し寄せております！」

「………なんだと？」

報せを受けた碧成は硬直した。声はさらに近づいているようだった。

呆然とし、ふらりと傾く碧成を雪媛が支えた。

「陛下！」

「どうして、兄上が……」

「陛下、これは謀反でございます！　お逃げください！」

「そんなはずはない……兄上はそんな……」

ひゅっと矢が飛んできて、碧成の足元に刺さった。仙騎軍の将が叫ぶ。

「危険です陛下！　こちらへ！」

碧成は動揺しながらも雪媛の肩を守るように抱き寄せ、侍従たちに囲まれながら陵墓の裏手へと移動していく。雪媛は傍にいた青嘉に目線で合図した。青嘉は頷き、駆けだしていく。潼雲と瑯が近くの森に兵を潜ませているはずだった。

振り返ると、遠方に土埃が上がるのが見える。潜ませてあった兵士たちと交戦になっているのだろう。

（本当に、今日だった――）

ぞっとした。

もし柏林が雪媛を訪ねてこなければ、どうなっていただろうか。何も知らずにここへやってきていたとしたら。

「どうしてだ……」

苦悶の表情を浮かべて碧成は呟いた。

「兄上は余を認めてくださっていた！　余が立太子された時も、心から喜んでくれた。周囲の思惑で対立させられたが、これからは臣として余を支えていくとおっしゃったのに！」

「――陛下、危ない！」

突然、雪媛は碧成を突き飛ばした。肩を矢が掠める。

「――っ！」

蹲った雪媛を、碧成が抱き起こす。

「――雪媛！」

血が絹の衣に染みを作っていく。痛みはあるがたいした怪我ではない。

「血が——雪媛、しっかりしろ！」

「陛下……ご無事ですか？」

「余は何ともない！　……雪媛、雪媛っ！」

碧成は真っ青な顔で雪媛を抱き締める。

「私は大丈夫です……陛下がご無事であれば……」

さも重傷そうな顔をして碧成の胸に倒れ込んでやる。

戦闘はまだ続いているようだった。兵が一人駆け込んでくる。

「反乱軍を後方から、何者かが攻撃しています！　味方のようです！」

その報告に、雪媛は内心で首を傾げた。そんな兵力は用意していないはずだ。

蹄の音が近づいてきて、皆緊張して周囲を警戒した。

「——陛下！」

現れた人物は下馬すると碧成の前に膝をつく。

「陛下、ご無事でしたか！」

「……お前は？」

「唐智鴻と申します！　お怪我はございませんか」

雪媛はぎくりとした。傍らの芳明が息を呑むのがわかる。

（唐智鴻が何故ここに……）

「余は大事ない。だが雪媛が……」

智鴻は雪媛に視線を向けた。人の好さそうな笑みを浮かべながら、目はどこかぎらぎらとしている。

「ご安心ください、陛下！　反乱軍は我らが鎮圧いたしました！　現在、逃げた昌王を追跡しております！」

「まことか……！」

碧成がほっとしたように言った。

「昌王府に不穏な動きがあったので探りを入れておりましたが……駆けつけるのが遅くなり申し訳ございません」

「いや、大儀である！　よくぞ来てくれた！」

碧成の腕の中で智鴻の顔を見上げながら、雪媛はぎゅっと拳を握り締めた。

（この男……）

昌王を即位させようとして謀反を企てた——そう単純に考えたのは浅慮だったらしい。

（昌王を唆し謀反を起こさせ、その窮地から自分が陛下を救い出す——）

一躍功臣だ。皇帝から信頼を得て、出世は間違いない。

（まずい、では今頃昌王は――）

「陛下！　昌王様が――」

　伝令の声に、碧成はぱっと立ち上がる。

「兄上を捕らえたか⁉」

「いえ……自害されました！」

　雪媛は歯嚙みして智鴻を見据えた。智鴻は驚いたような表情をしたが、目にはどこか満足げな色を浮かべている。

（殺したか……！　最初からそのつもりで……！）

　昌王が罪人として捕まれば必ず協力者の名を出すはずだ。むしろ唆されたのだ、自分は被害者だと訴えるだろう。そうさせないために、口を封じたに違いなかった。

　芳明は顔を背け、じっと俯いていた。智鴻は気づいていないようだったが、雪媛はさりげなく彼女を自分の背後に庇う。

「兄上が……」

　呆然とする碧成は、その場に立ち尽くしていた。

（……予定が、くるった……）

　昌王が死んだのなら、それはいい。皇位継承者が一人減ったことになる。

だが柏林の証言は、これでは意味をなさなくなってしまった。智鴻が碧成を救ったという事実が出来上がってしまった以上、首謀者は智鴻だと言っても説得力を持たない。これで智鴻から繋がる高易への糾弾ができなくなってしまった。

（事前に陛下にすべてを伝えるべきだった……そうしていれば……）

確信が持てなかったことで躊躇いが生じた。そしてそんなことが、これからさらに増えていくのかもしれなかった。


夜になっても皇宮はどこか落ち着かない雰囲気が続いていた。碧成の執務室には明かりが灯っている。

扉が開き、中から出てきたのは唐智鴻だった。心の中で舌打ちをしながら、雪媛はすれ違いざまに声をかけた。

「智鴻殿、今日の働きはまことに見事でした」

「ありがとうございます、貴妃様。……ですが、思っていたよりも護衛の兵の数が多く、私の出番はほとんどございませんでした。貴妃様があらかじめ、多くの兵を近くに控えさせるように命じられていたとか」

「……胸騒ぎがしたのです。今思えば、天からの啓示だったのでしょう」

「さすがは神女と謳われる貴妃様でございます。お怪我は大事ございませんか？」

「かすり傷ですわ」

「大切なお体でございます。どうぞご養生ください」

失礼します、と去っていく智鴻の後ろ姿を眺めながら、早くこの男を始末しなければ、と思う。歴史が変わったのは雪媛の存在のせいだとしても、今回起点を作ったのは智鴻に間違いなかった。

（こんな厄介な存在を野放しにしてはおけない）

雪媛が中へ入ると、碧成は憔悴した様子で椅子に座っていた。

「陛下」

「――雪媛！　怪我は大丈夫なのか」

立ち上がって駆け寄ってくる。

「手当てを受けました。かすっただけですから、たいしたことはございません」

「すまない、余を庇ってそなたが傷つくなど……」

「当然のことです。わたくしは皇后に……この国で、陛下を最も近くでお支えする者になるのですから」

　碧成は雪媛を力強く抱き締めた。

「……雪媛、余は恐ろしい」

「陛下……？」

「兄上は……余に対して、含むところなどないと笑顔を向けてくれていたのに。それなのに、心の奥では余を殺したいほど憎んでいたのだ」

　碧成が縋るように雪媛を抱く力は痛いほどだった。

「それなら、孝兄上は？　孝兄上も余を殺して、自分が皇帝になりたいと思っているのではないか？」

　孝とは異母兄弟である阿津王の名だった。弟の環王は悠という。滅多に人に名で呼ばれない皇族たちも、兄弟の間ではこうして名で呼び合っていた。

「陛下、長男として生まれた昌王様は幼い頃から周囲の期待がありました。ですが阿津王様はお立場から考えてもそのような……血の繋がった兄弟をそのようにお疑いにならないでください」

「血の繋がりなど！　むしろそれが……父上の子であるというその血が問題なのではないか！　兄弟だからこそ、最も警戒すべきだったのだ！」

　碧成はうろうろと部屋の中を歩き始める。

「陛下……」

「孝兄上は都から遠ざけるよう命を出す。都への出入りを禁じ、監視もつける」

「では……環王様も？　環王様はわたくしから見ても、純粋に陛下を兄として慕っておられますわ」

碧成は立ち止まった。

「余もそう思っていた。だが……本当だろうか」

疑心に取り憑かれ、碧成の目は酷く昏い。

「心の内で、本当は、余に成り代わろうと思っているのではないか？」

「まさか、そんな」

「むしろ兄上たちよりも、余と同じく正室の子である悠こそ……」

雪媛はそっと碧成を背後から抱き締めた。

「陛下、そのようにご兄弟をお疑いになるのはもうおやめください」

「たとえ悠にその気がなくとも、周囲が唆せば……悠は素直な性格だ、いいように傀儡にされるだろう。高易もそう考えているのではないのか？　成長し、言うことを聞かなくなった余ではなく、簡単に操れる者を皇帝に――それで娘に悠を誘惑させたのだ！」

怒りに足を踏み鳴らす。

「陛下、では……蘇大人の娘の雨菲様を、陛下の妃に迎えてはいかがでしょう？」

　雪媛の言葉に、碧成は驚いたように動きを止めた。

「何？」

「環王様と雨菲様は真に相思相愛のご様子。純粋に恋をなさっておいでです。陛下が結婚を許さないと命じても、むしろ反発するでしょう。ですが、雨菲様が後宮に入れば……陛下の女に臣下が懸想するなどあるまじきことです。環王様は諦めるほかありませんし、蘇大人も拒むことなどできないはず。そうでございましょう？」

　背後から碧成を抱き締めたまま、雪媛は囁くように言った。

「後宮に入れる理由は、陛下が雨菲様を気に入った――ただそれだけのことです。特別なことではございません。蘇大人も、娘が皇帝の妃となれば態度を改めざるを得なくなります。環王様には、どなたか力のない臣下の娘を娶らせれば落ち着きましょう」

「……それは、だが」

「娘一人を後宮に入れるだけで、すべて穏便に収まりますわ。陛下がこれ以上このことでお悩みになるのは、わたくしには耐えられません」

「雪媛……」

　雪媛が回した手を取り、碧成は優しく握り締めた。

「どうかこれで、ご兄弟へのわだかまりは捨てていただけませんか。今日のようなことがまたあれば、わたくしは……陛下が心配で……」

小さく泣き声を上げると、碧成が振り返って雪媛を再び抱き締めた。

「……雪媛」

怪我をした腕を愛おしそうに撫でながら、碧成は耳元で言った。

「……そうだな。それが一番よいかもしれぬ……」

「陛下」

「高易の娘を、後宮に迎えよう」

碧成は何かに気づいたように、「――いや、」と言い直した。

「高易の娘だけではない。他の重臣たちにも未婚の娘はすべて後宮に入れるようにと申し渡そう。誰もおかしな企てなどできぬように」

そう囁く碧成の声は、どこか浮き立っているように感じられた。

「安心しろ雪媛。その娘たちは寝所へ呼ぶつもりはない。余にはそなただけだ。そなたがいればよい……」

抱き締められながら、雪媛は考えを巡らせた。

（それではまるで皆から人質を取るようなものだ。高易のみならず他の重臣たちも陰で非難の声を上げるだろうな……）

雪媛としては碧成と環王の間に亀裂が入ればそれでよかったが、思わぬ収穫になりそうだった。碧成はこれで重臣たちの首根っこを押さえた気でいるのだろうが、ますます皇帝としての求心力は失われていくに違いない。そして皆、別の皇帝を待望することになるだろう。

（阿津王はやがて病で死ぬから問題ではない。環王に対して陛下はまだ完全には見捨てられないようだが、この件で必ず兄に恨みを抱くはず。それを煽って言質を取り、謀反の罪で捕らえて処刑すれば……）

碧成以外の先帝の息子はいなくなる。

（残るは、芙蓉のお腹の子だけ……）

執務室を後にすると、青嘉が待っていた。雪媛は何も言わずに歩きだす。

「陛下のご様子は？」

「すっかり猜疑心の塊だ。兄弟こそ最も信用できないと喚いている。朝廷はしばらく荒れるだろう」

「……何故、庇ったのですか？」

「何が？」

「陛下を庇って、怪我まで」

雪媛は右腕を見下ろした。

「ああ……皇帝を身を挺して守った妃、となれば私の評価はさらに高まるからな」

「……咄嗟に体が動いたように見えました」

雪媛は足を止め、眉を寄せて青嘉を振り返った。

「何が言いたい？」

「陛下を亡き者にする覚悟が、本当におありですか？」

「……陛下に今、何かあっては困る。私が皇后になり、実権を握るまでは生きていただかねば」

「情が移ったのではないですか」

「なんだと」

「躊躇いを感じているのではないですか。いつも褥をともにしていれば、気持ちが変わったとしても――」

ぱん、と青嘉の頰を叩いた。

青嘉は表情を変えずに、どこか醒めた目で雪媛を見返す。

「陛下こそが私の最大の障壁だ。いずれ必ず取り除く。だが……今ではない。それだけだ」

青嘉は何も言わない。

心の中で苛立ちを覚えながら、雪媛は言った。

「お前は高葉との戦に出すことにした。立后式の前には出立だ。瑯と潼雲も行かせるから準備をしておけ」

「あなたの護衛は？」

腕を掴まれ顔をしかめた。矢傷を受けた腕だ。

はっとして青嘉が手を放す。

「……護衛の代わりなどいくらでもいる」

雪媛は青嘉に背を向けて歩き始める。それきり、二人は言葉を交わさなかった。


唐智鴻はため息をつきながら、最近囲った妾の家に足を向けていた。その道中も、行方の知れない姉のことを考えるとひどく気が滅入り、焦燥に駆られる。

姉の京とは十歳離れていて、母を早くに亡くした智鴻にとっては姉というよりは母のような存在だった。幼い頃、熱を出せば夜通し看病してくれたし、学堂でよい成績を取れば誰よりも喜んでくれた。智鴻が唐家の養子になると決まった時、姉はひどく泣いて、必ず幸せになるのよと智鴻を抱き締めた。その温もりは、今もまだ覚えている。

唐家での暮らしは、思い描いていた夢のような世界ではなかった。養父は常に智鴻に対してすべてにおいて一番であるように求め、誰かより少しでも劣れば、「生まれが卑しいからだ」と蔑んだ。それでも歯を食いしばって頑張ってこれたのは、時折会いに来てくれる姉がいつも励ましてくれたからだ。

やがて、京も嫁いで智鴻も地方へ赴任することになり、手紙のやり取りだけが続いていた。都に戻れることになった時、この姉を自邸へと呼び寄せた。夫が出奔して以降、苦労続きだった姉に、ようやく恩返しができると思った。

しかしその矢先、京は忽然と姿を消してしまったのだ。

（いったいどこに行ったんだ、姉さん……）

四方手を尽くして探させたが、未だ見つからない。

かねてからの計画通りに昌王を動かし、皇帝の信頼を取りつけた。唐家の養父は満足げに彼を褒め讃え、さすが儂の見込んだ男だと笑った。しかし、本当なら一番に喜んでくれるはずの京がいない。

京の消息が摑めず悶々とする智鴻に、妻は不満そうだった。養父にあてがわれた相手で、見目も振るわない、家柄だけが取り柄の女だ。

「お義姉様のことばかり！　少しは子どものことも気にかけてください！」

　そう詰られ、面倒になり家を出てきた。

（跡継ぎも産めないくせに、俺に指図するな）

　妾の家に明かりが灯っているのが見えた。智鴻は入るなり、女に「酒を」と言って腰を下ろす。女はこちらに背を向けていた。返事もせず、酒の用意をするそぶりもなく、ぼんやりと座って寛いでいる。

「おい、何をしてる。酒だ」

　しかし女は、黙って背を向けたままだ。智鴻は無視されたことに怒り、女の肩に手をかけた。

「おい――」

　突然、背後から太い腕が伸びてくる。ぎりぎりと首を締め上げられ、智鴻はもがいた。

「――⁉」

　しかし、腕はびくともしない。

「声を出すな」

　耳元で誰かが囁いた。かちりと音がして、刃が胸元に突きつけられる。

「動くと刺さるぞ」

智鴻は身動きをやめ、口を噤んだ。自分が荒事に向かないことはわかっている。

女が妙に優雅な仕草でゆっくりと振り返る。燭台の明かりに照らし出されたその顔は、この家に囲った妾とは似ても似つかない世にも美しい女だった。智鴻は一瞬その姿に見惚れ、しかしすぐにぞっとした。

見覚えがある顔だ。以前、姉と一緒に行った芝居で見た――。

「お前……！」

死んだはずだった。昌王との話を聞かれ、口を封じるよう命じた。ようやく都に戻り蘇高易という後ろ盾を得て、独芙蓉にも繫がりができたのだ。あとは何より、皇帝に自らを売り込むことが肝要だった。あの計画が漏れては、千載一遇の機会を逃すことにとどまらず、身の破滅に繫がりかねない。

智鴻の望みは、いずれこの国の宰相になること――それを実現させるために、すべてを擲ってきたのだ。僅かな歪みはやがて大きな災いとなる。だから確実にこの役者は消すべきだった。間違いなく殺したと、報告があったはずなのに。

「あんたの女は無事だから、安心しなよ」

呉月怜は妖しく微笑む。

「お姉さん、見つかった？」

智鴻はぎくりとしたが、顔には出さないように注意を払った。

「お前――」

「心配だねぇ」

「まさかお前が……！」

ぐい、と腹に刃先が押し当てられる。

「…………！」

月怜が何かを放り投げた。足元に転がったものに目を凝らす。姉が髪に挿していた簪だった。

「言っておくけど、俺が攫ったわけじゃない。あの女が勝手に俺を追いかけてきたんだ。俺のことが忘れられないって、泣いて縋ってきたよ」

嘲るような月怜に、智鴻は表面上はあくまで冷静さを保とうとする。

「――姉を侮辱するな。そんなわけがない」

「お姉さんがどこにいるか、教えてあげようか」

月怜はすっと智鴻の前に膝をついて、顔を覗き込むように言った。

「その代わり、俺と柏林に二度と手を出さないと誓え」

智鴻は汗がじわりと滲むのを感じた。

すでに昌王は死んで口は封じてある。皇帝の信頼も取りつけた。もしこの男が今後この件でなにがしか訴えたとしても、証拠はないはずで、握り潰すことは容易い。計画実行前には失敗の芽として摘んでおくべきだったが、今となってはそこまでの脅威ではなくなっている。

(それに、姉さんさえ取り戻せれば――今度こそ口を封じてしまえばいい)

「……いいだろう」

月怜はにっこりと笑った。

「よかった。でも、お姉さんの居場所を教えてすぐ殺されちゃったら困るし……先に、約束を守るっていう証拠を見せてよ」

「……何が、望みだ」

「今回の謀反、あんたがあんなに早く兵を率いて駆けつけられたのは、俺が情報を提供したからだ――陛下にそう言って、俺を功労者として紹介してくれる?」

「陛下に取り入るつもりか」

もともと碧成はこの役者を気に入っていた。お抱え役者にでもなれば、確かに手を出すのは難しくなる。知恵が働くものだ、と内心で吐き捨てた。

「それから、口添えをしてほしい。十二年前に謀反の罪で流刑にされた司胤闕の息子を元の身分に復帰させて、司家再興をお許しいただけるように。あんたじゃ無理なら、蘇高易でもなんでも使えそうな人を使うんだな」

「……司家？」

司家といえば、かつては朝廷で名だたる役職を歴任していた名家だ。

「それができたら、お姉さんがどこにいるか教えてあげる」

「先に姉に会わせろ。無事を確認できなければ――」

月怜は放り投げた簪を手に取ると、智鴻の喉元に突き立てた。

「言う通りにする？　それとも――今死ぬ？」


庭の梅の木は枝先で花が僅かに開き、春が近づいたことを感じさせていた。窓辺でそれを眺めながら、雪媛は潼雲からの報告に耳を傾ける。

「唐智鴻は条件を飲みました。近々、陛下に謁見する際に飛蓮殿も同道されるそうです」

「あの女は？」

「すでに奴隷として西域行きの船に乗せました。今頃は海の上です」

くくっと雪媛は喉を鳴らすように笑う。

「智鴻は怒りくるうだろうな」

「飛蓮殿は居場所を教える、とは言いましたが、返す、とは一言もおっしゃいませんでしたので、嘘はついておりません。……怒りくるったところで時すでに遅し、飛蓮殿が陛下の肝入りで身分を取り戻せば、迂闊に暗殺などもできないでしょう。ましてや、自分の後押しでお家再興を果たした人物ですからね」

「飛蓮の弟の件は？」

「そちらはすでに、真犯人を挙げて無実を証明しました」

「さすがだな、どうやった？」

「郭律真の子を人質にしたら、その妻が白状しました。兄を殺したのは夫だと。自分は脅されて仕方なく結婚したと言いだしたのには開いた口がふさがりませんでしたが。子ができると女は何よりも子が大事なのですね」

愉快そうにけらけらと雪媛が笑う。

「よくやった」

「それにしても、あの呉月怜が名家の御曹司だったとは驚きましたが。司家といえば建国時から続く名門です」

「呉月怜には都中の女が虜だったというから、引退すればさぞ大勢が悲しむだろうな」

「後ほど、飛蓮殿と柏林殿が改めて雪媛様にご挨拶したいと」

「柏林には私の立后式の衣装の仕立てを頼んであるからな。試着がてら、こちらから会いに行こう」

　立后式の日取りがようやく決まり、雪媛の周囲は慌ただしくなった。

　それより先の出陣が決まった青嘉たちはさらに準備に忙しく、琴洛殿にはほとんど顔も見せない日が続いた。護衛は仙騎軍から代わりの数名が派遣されている。

　あの日以来、青嘉と交わした言葉は事務的な内容ばかりだ。

「私も軍に加われるのですか⁉」

　従軍の話を出すと、潼雲は目を輝かせた。一方で瑯は最初、戦に出るという意味を計りかねているようだった。しかし潼雲が、「戦で手柄を立てれば芳明もお前を一人前の男と認めるだろう」と煽ったお蔭で、今ではすっかりやる気になっている。

　出陣が明日に迫った夜、琴洛殿はひどく静かだった。

「それは？」

　芳明が男物の衣を縫っているのを見かけて雪媛が尋ねると、芳明は少し視線を泳がせた。

「いえ、別に」

　大きさから考えて、雪媛は推測する。

「……瑯のか？」

「勘違いなさらないでください。戦へ出るというのにろくなものを持っていないようなので、憐れに思っただけです」

「ふうん……」

にやにやとする雪媛に、芳明はつんと唇を尖らせた。

「本当に、そういうのではありませんので。子どもにやるようなものです」

「……唐智鴻のことは、心配するな」

芳明が針を持つ手を止める。

「私が、近いうちに上手く始末をつける。お前とも顔を合わせないように気を配るから」

「……あの人、私に気づきもしませんでした」

自嘲するように芳明が笑った。

「一時の遊び相手に過ぎませんもの。忘れて当然かしら」

「芳明……」

珠麗を永楽殿へ送り込んだのも唐智鴻だった。智鴻が唐家の養子で、元の家系を辿れば珠麗と従兄弟にあたると知った時、雪媛はこの因縁を呪わずにはいられなかった。

そういえば、と芳明が思い出したように言った。

「今日偶然、青嘉殿にお会いしました。珠麗様と一緒に、お父上と兄上のお墓に参られたとか」

「……そうか」

「青嘉殿と珠麗様、無事婚約されたようですね」

雪媛はすっと息を止めた。

「珠麗様は独賢妃に暇乞いをしたそうですよ。賢妃は出産まではいてほしいと、かなり強く引き留めているらしいですが。青嘉殿のお身内が賢妃の身近にいたのではいろいろとやりにくいですから、こうなってよかったですね」

自分とは違い微笑ましい、というように、芳明はにこにことしていた。

「宮女たちの間では、青嘉殿が結婚すると聞いて残念がる者が多くて。婚礼は戦から青嘉殿が戻ってからになるでしょうけれど、久々におめでたいお話で楽しみです」

だんだんと、芳明の声が遠ざかっていくのを感じた。足元が揺らぐような感覚に、目を閉じる。

ついにこの時が来たのだ。いずれ来るとわかっていた。

雪媛は唇を動かした。誰が聞いても、平静な声音で。

「そうだな――祝ってやらねば」

寝室の窓から差し込む明かりがひどく眩しく、雪媛は窓辺に腰かけて空を見上げた。頭上の闇の中で月は完璧な円を描いて、冷えた光を放っていた。

玉瑛が死んだあの時、見上げた月を思い出す。同時に胸がひどく疼く気がした。剣で貫かれたあの冷たい感覚が湧き上がってくる。ぎゅっと夜着を握り締め、堪えるように俯いた。燭台の炎が風に揺れている。

「――雪媛様、青嘉殿がいらっしゃいましたが、どうされますか」

芳明の声がする。すでに寝支度を済ませていたが、羽織を肩にかけてから「通せ」と答える。

扉が開いて青嘉が入ってくるのが見えた。

「遅くに申し訳ございません。明日出立しますので、ご挨拶にまいりました」

雪媛は窓辺から動こうとはせず、薄暗い部屋に佇む男の影を見つめた。

尚宇の言葉を思い出す。

――雪媛様は――弱くおなりです。

「……この戦には期待している。必ず戦功を挙げて戻れ。お前も、瑯も潼雲もな。誰もが認める実績を作ってこい。そうでなければ、お前たちを私の朝廷に入れてやれぬ」

「――はい」

傍に掛けてあった立后式に纏う衣装に気がつき、青嘉が視線を向けた。

「ああ、ようやく仕上がったのだ。柏林がよくやってくれた」

「……見事な衣装ですね」

「あと数日で、ようやく……皇后だ」

「立后式に同席できず、残念です」

雪媛は少し笑った。

「お前たちが凱旋する時には、皇后として堂々と陛下の横に立って待っていてやる」

「護衛の後任は、身元が確かで腕の立つ者を選んでありますが、不自由はありませんか」

「問題ない」

雪媛は、じっと青嘉の頬傷を見つめた。

「……天にも昇る気持ちか？」

「はい？」

「珠麗との結婚が決まって」

青嘉は表情を変えない。

「陛下もお喜びだ。お前たちの婚礼には大層な贈り物を届けるとおっしゃっていた」

雪媛は青嘉の前を横切り、戸棚を開いた。そこから白い酒壺を取り出す。

「ちょうど、金孟からよい酒をもらったのだ。振る舞ってやろう」

「いえ、私は――」

「結婚祝いだ。受け取れ」

杯を取り出すと、自らの手で酒を注いでいく。流れ落ちる透明な液体は、窓から差し込む月の光がちょうど反射してきらきらと輝いて見えた。

「その羽織……」

青嘉が静かに言った。

「秋海様が縫われたものですね」

雪媛は自分の恰好を見下ろす。

「ああ、そうだ」

「……あなたがまだ昭儀であった頃、瑞輪山でそれを身に着けていたのを思い出しました」

「ふん、お前が山の中で迷子になった時だな」

「迷子ではありません。遠回りをしただけです」

相変わらずの言いように、雪媛は笑った。

「――もう、恐ろしい夢は見ませんか？」

酒を注ぐ手を止める。

「よく、うなされておいででしたので」

あの頃は――あのおぞましい男の手で慰み者にされた記憶を、繰り返し夢に見ていた。

そしてそれは、あの赤ん坊を殺してからぱったりと止んだ。

その代わりのように、今も嫌な夢ばかり見る。

酒壺を卓に置いて、雪媛は目を伏せた。

「問題ない。子どもじゃあるまいし」

「ではもう、私が一晩中お傍についている必要はなくなったのですね」

「いつの話だ、それは」

「ええ、随分と昔に思えます」

おもむろに、雪媛は手を伸ばした。青嘉の左頰に触れると、傷痕を指でゆっくりと辿る。

驚いた様子の青嘉が目を見開いた。

「そうだな……」

この傷ができた時、この傷は――青嘉は自分のものだと、そう思ったのだ。

（随分昔のことに思える……）

「――これからは、珠麗の傍についていてやればいい」

雪媛は手を引くと、酒を満たした杯を二つ取り上げた。硬い音を立てて卓の上に置き、一つを青嘉に差し出す。

「飲め。毒見は済んでいる」

「……あなたが、生きてさえいてくれればいいのです」

真っ直ぐな瞳が、ひたと雪媛を見据えた。

「……え?」

「私がどこにいても何をしても――どんな報いを受けようと――あなたさえ、生きていてくれれば、私はそれでいいのです」

「青嘉……?」

「あなたが望むなら、あなたの願いを叶えられるなら……天にも背きます」

――あなたが望むとさえ言えば、すぐにでも遠くへお連れします。

かつて、青嘉が口にした言葉が脳裏をよぎった。あの時、その差し出された手を、雪媛は摑まなかった。

――誰かに殺されるのも、自害するのも、病で死ぬことも許しません。必ず私の手で殺して差し上げます。だからそれまでは――必ず、生きてください。

どくん、と心臓が音を立てて跳ねた気がした。

「珠麗と、結婚はしません」

雪媛は怪訝そうに眉を寄せた。

「……何？」

「本人にも、そう伝えるつもりです。余計な気を持たせたくありませんので」

「……婚約したと……」

「陛下は未だに私を疑っています。安心していただくために、潼雲に頼んで噂を流させました」

「……どうして……だってお前は、珠麗をずっと……」

愛していたのではないのか。

そう言おうとして、しかし口にするのを躊躇した。

「せっかく私がお膳立てを――」

「私は器用ではありませんから」

青嘉は静かに言う。

「仕える主君以外にまで、心を傾けることはできません」

窓から差し込む月の光が、紗の帳のように二人の間に下りていた。

その向こうの、どこか現実味のない青嘉が、酒杯を手に取る。

「祝いの酒は不要ですので、代わりに――」

両手で恭(うやうや)しく掲(かか)げ持ち、雪媛を見つめた。

「この一杯は、未来の天子たるあなたに」

頭上に掲げた杯を、口許(くちもと)に寄せる。

そのまま杯が傾いていく。

自分の心臓の音が聞こえる気がした。指先が氷のように冷たい。

無意識のうちに、雪媛は手を振り上げていた。

青嘉の杯を叩き落とす。砕けた破片が飛び散る乾いた音が響き、酒が床を濡らした。肩で息をしている雪媛に、青嘉は驚いて目を見開く。

「――もう、行け」

「雪媛様……?」

「出ていけ、早く！」

青嘉に背を向ける。

震える手を押さえるように、胸元で握り締めた。

青嘉はしばらく逡巡(しゅんじゅん)しているようだった。しかしやがて、その場から動く気配を感じる。

扉が軋みながら開閉する音が聞こえた。

しん、と静かになる。

そっと振り返ると、青嘉の姿はもうなかった。薄暗い部屋は妙にがらんとして、何故か広大な空洞のように思われた。

「…………っ」

息を詰めて、雪媛はせり上がってくるものを堪えようとした。背中を丸め必死に拳を口に押しつけて嗚咽を抑える。

それでも、堰を切ったように涙が溢れてきた。頬を伝って血が流れ出ているのかと思うほど、ひどく熱い。

窓の外を見上げた。月は皓々と浮かんでいる。

突然、耳をつんざくような獣の声が響いた。

はっとして振り返ると、柑柑が床の上にひっくり返ってのたうち回っている。いつの間に部屋に入ってきたのだろうか。その周囲には、先ほど雪媛が叩き落とした酒が濡れ光っていた。

「――柑柑！」

慌てて白い猫を抱き上げる。

「馬鹿、舐めたのか……⁉」

毒入りの酒を。

柑柑はひくひくと痙攣している。口からは白い泡を吹いていた。

しばらくの間苦しみに喘いだ猫は、やがて、動かなくなった。

腕の中にある、くたりと力の抜けた体を見下ろす。

ふわふわとした白い毛並みに、雪媛は涙に濡れた顔を埋めた。まだ温かい。しかしそれはもう、魂が抜けている。

そうして小さく、囁く。

「……安皇后に、詫びねばならぬなぁ……」


雪媛の部屋を出ると、青嘉は空を見上げた。

今宵は満月だ。

先ほどの、雪媛の様子を思い出す。

あの酒にはきっと、毒が入っていたのだろう。

酒を注ぐ雪媛の手は、ほんの僅か、震えていた。

彼女が望むなら、それでもいいと思った。

明日出陣すれば、少なくとも半年は都に戻れない。この高葉遠征の結末を、青嘉はすでに知っている。そしてその間に雪媛は皇后となり、さらに朝廷で影響力を深めるだろう。その隣には、碧成の姿がある。

懐に手を伸ばす。包みを解き、翡翠の簪を取り出した。

雪媛は、もう覚えてもいないだろう。気まぐれに立ち寄った店で、青嘉が雪媛に選んだ簪。

店先で宝飾品を眺める雪媛は、まるで少女のように楽しそうにしていた。青嘉がこの簪を挿すと、驚いたようにこちらを見上げていたのを思い出す。

青嘉は簪を握り締めると、そっと扉の前に置いた。

そうして閉じた扉を見つめると、足音を立てぬようにその場を離れた。

珠麗が琴洛殿の門を潜ると、ちょうど芳明がやってくるところだった。手には荷物を抱えている。

「ああ、珠麗様。どうなさいました?」

「青嘉殿はこちらに？」

「ええ、先ほどいらっしゃって、貴妃様とお話をされています」

芳明が微笑ましそうに笑う。

「青嘉殿に会いに？」

「……明日には戦へ行ってしまわれますから」

「そのうち出ていらっしゃると思いますから、少しこちらで待っていてください。すみませんが私は失礼しますので、何かあれば誰ぞ控えております者を呼んでいただけますか」

「わかりました」

芳明が琴洛殿を出ていくのを見送って、珠麗はそっと息をついた。

青嘉と珠麗が婚約した――と、後宮では噂が広がっていた。芳明も恐らく、そう思って今さっきの態度だったのだろう。

芙蓉に暇乞いをしたのは本当だ。今は、志宝の傍にいてやりたかった。しかし婚約については――真実ではないと、珠麗は知っている。

それでも、誰かに尋ねられても否定はしなかった。

明日、青嘉は戦場へ向かう。

珠麗は髪に挿した簪に触れた。以前、青嘉から贈られたものだ。

（もし、戻ってこなかったら――）

かつて夫が、二度と帰ってこなかったことを嫌でも思い出す。出立した日の朝、彼はいつも通りの笑顔で珠麗に手を振ったのだ。もうその笑顔が見られないとは、思いもしなかった。

行かないでほしかった。そして同時に、青嘉に出陣を命じた柳雪媛に憤りすら感じていた。彼女にとっては、青嘉も駒のひとつでしかないのだ。

あと数日で、雪媛はこの国の皇后となる。

（志宝は、歩けないのに――）

この居殿の主人は我が世の春を謳歌し、この国で女として最高の地位へと昇りつめようとしている。そのほんの気まぐれのせいで、珠麗の息子は一生の傷を負った。

（……静かだわ）

芳明は誰かに声をかけてくれと言っていたが、人影は見当たらない。明かりの灯っている部屋を探して珠麗は歩き始めた。

闇の向こうで、扉が開く音がする。

珠麗は音のした方へと向かった。すると、ちょうど青嘉が部屋から出てくるのが見えた。

「青――」

声をかけようとしたその時、青嘉は懐から何かを取り出した。ひどく思いつめた顔をしている。

しばらく躊躇うようにその場に佇んでいたが、やがて手にしたものを扉の前に置く。話しかけられるような雰囲気ではないと珠麗は感じ取り、じっと息を潜めた。やがて、青嘉は静かにその場を離れていった。

（何……？）

周囲を見回し、誰もいないのを確認すると、そっと扉に近づく。そこには簪がひとつ、ぽつんと置かれていた。

（……どうして、こんなものを？）

足音がして、珠麗は思わずその簪を手に取る。そのまま慌てて物陰に隠れた。そっと様子を窺うと、宮女が一人、扉の向こうへ声をかける。

「貴妃様、失礼いたします」

「――入れ」

宮女が部屋に入っていくのを見つめながら、珠麗は胸の前でぎゅっと簪を握り締めた。

（柳貴妃様の、お部屋……）

月明かりの下で、その簪を見つめる。

（これを、柳貴妃様へ――？）

簪を持つ手がかたかたと震え始めた。

声を上げぬよう口許を押さえ、力なくその場にしゃがみ込む。落ち着け、と自分に言い聞かせたが、思うようにならなかった。

「………っ」

涙が溢れてくる。声が漏れないように、歯を食いしばった。

（全部――あの人に奪われる）

この壮麗な宮殿で暮らす、強く美しく輝く太陽のような女性に。すべてを手に入れ何不自由のない、栄華を極めた妃に。

ふらふらと立ち上がると、人目につかぬよう琴洛殿を出た。そのまま真っ直ぐ、庭園へと向かう。すでに夜も更け、すれ違う人はいなかった。

妃たちが舟遊びを行う大きな池には満月が映り込んで、水面が輝いている。その畔で珠麗は立ち止まった。

力の限り遠くまで、簪を思い切り投げた。

微かに水音が響く。

激しい動悸がして、肩で息をしていた。

そして踵（きびす）を返すと、闇の中を小走りに駆けていった。

終章

鏡の前で、雪媛はじっと自分の姿を見つめていた。

絹の芍薬や牡丹が結い上げた髪を覆い、金の冠からは玉を連ねた薄絹の紐が揺れている。額を彩る赤の花鈿と口紅に合わせるように、柏林の仕立てた衣は目にも鮮やかな緋色に鳳凰の刺繍が施され、長い裳裾には孔雀の羽根が幾重にもあしらわれていた。

立后式の時間は近づいている。

柑柑の亡骸はひっそりと庭に埋葬した。この白猫の突然の死に芳明は驚き、そして悲しんだ。

「生意気な子でしたけど、最近は随分慣れてきていたんです。……瑯が帰ってきてこのことを知ったら、悲しむでしょうね」

死因は、雪媛に処方された安眠のための薬を誤って柑柑が大量に摂取したためだと伝えた。本当の理由を、言うわけにはいかなかった。

手を伸ばし、傍らの化粧箱を開ける。二重底の下から、丸薬を入れた小箱とは別に白い包みを取り出した。

「芳明」

外に声をかけると、芳明がすぐに現れた。

「これを、気づかれぬよう処分して」

「……紅花ですか」

紅花は妊婦が口にすれば流産を引き起こす。芙蓉が懐妊したとわかった時に、尚宇が手配したものだ。

「芙蓉の子は……生かすことにする」

「ですが、雪媛様」

「平隴と同じように私の養子にすればよい。芙蓉はもともと罪人、生まれた子が皇后である私の子になるのは自然な流れだ」

碧成亡き後に雪媛が実権を握る上で、より反発が少ないに越したことはない。形だけでもその子を皇帝の座に就かせ、母たる雪媛に禅譲させる――これが最も波風が立たないやり方だ。

芳明は、わかりました、と包みを受け取った。

「……少しほっとしております」

雪媛が振り返ると、芳明は曰く言いがたそうに微笑んだ。

「あの苦しみを……誰かがまた味わうかと思うと、少し複雑でした」

申し訳ございません、と芳明は頭を垂れた。

「――いや、よい」

やはりこれでよかったのだ、と雪媛は思った。

琴洛殿を出て迎えの輿に乗りながら、雪媛は碧成に嫁いだ日のことを思い出していた。

あの時は、青嘉が傍らにいた。しかし、今はどこを見てもその姿はなかった。

今頃は、軍を率いて国境へと向かう途上にあるだろうか。

太鼓が打ち鳴らされる。

門を潜り広大な庭に出ると、正面に大慶殿が見えてくる。皇宮の中心であり、最も巨大で荘厳な建物だ。大慶殿に面し回廊と門に囲まれたこの場所が、あらゆる儀礼祭祀が執り行われる場所であった。

香の匂いが漂い、そこここに旗や幟が翻っている。文武百官が左右に居並び、雪媛の乗る輿に向かって頭を垂れていた。大慶殿に繋がる長い大理石の階段には真っ赤な絨毯が敷かれ、仙騎軍の兵士たちがこれを守るように並んでいる。

輿が下ろされ、雪媛は立ち上がる。

碧成が歩み寄って、雪媛の手を取った。誇らしげに微笑みかけてくる。それに合わせるように、雪媛も微笑を浮かべた。

その時だった。

「――兄上！」

叫ぶような声が響いて、雪媛も碧成もはっと振り返る。門の向こうから環王が現れ、兵士たちに止められている姿が見えた。必死の形相の環王は、兵士たちを振り払おうともがきながら声を上げた。

「兄上、何故ですか！　何故雨菲を後宮へ⁉」

「悠……」

「お願いです兄上！　どうか雨菲は……雨菲だけはお許しを！」

「悠、どういうつもりだ！　このような場でなんという振る舞いだ！」

早く下がらせろ、と碧成が怒鳴る。

「兄上、どうかお願いです！　お願いします……！」

泣き叫ぶ環王を兵士たちが取り押さえて引きずっていく。昌王の謀反以来、兄への一切の拝謁を許されなかった環王だったが、皇族としてこの式典には参列することになっていた。彼にとっては唯一、直接嘆願できる場であったのだ。その様子を、雪媛は心の内でほくそ笑みながら見守っていた。

（陛下を恨めばよい……仲のよい兄弟も、女を挟めば対立するものだ）

ようやく環王の声が聞こえなくなると、碧成は動揺した様子で周囲を見回した。集まった者たちは皆、いったい何事かと囁き合っている。重要な儀礼が台無しにされ、碧成は恥をかかされた恰好だ。

（確かに、少しけちがついたな……）

雪媛は安心させるようににこりと微笑んでみせる。

「陛下、お気になさらず。まいりましょう」

「あ、ああ……」

碧成の手を取ったまま、一歩ずつ階段を上り始める。誰もが気を取り直したように、神妙な面持ちになった。

長い長い階段を上りきると、声高に詔書が読み上げられた。

「柳氏の功績は大きく、仁と徳を備えている。慎み深く慈愛に満ち、万民の母に相応しく、ここに柳氏を皇后となし、永久の位を授ける」

膝をつき、印綬と詔書を恭しく拝領する。

碧成とともに階(きざはし)の最上段に立ち睥睨(へいげい)すると、文武百官が雪崩(なだれ)を打って一斉に平伏し、頭を垂れた。

「皇帝陛下、万歳、万歳、万々歳！　皇后陛下、千歳、千歳、千々歳！」

地鳴りのように湧き上がる声に、雪媛はぞくりとする。

（ここに立つのが——私一人であったなら）

満足げに皆を眺めている碧成の横顔を見ながら、静かに思う。

（私こそが皇帝として、この者たちすべてを従えることができたなら）

立つ場所は同じでも、その歓呼の意味は大きく異なる。

（必ず、再びここに立ってみせる。次はこの国の皇帝として——！）

「……ようやく、そなたをここへ連れてくることができた」

感慨(かんがい)深そうに碧成が呟(つぶや)く。

「はい。陛下は、わたくしを皇后にするとお約束したそのお言葉を、違(たが)えませんでした」

「そなたは真、天が余に遣(つか)わしてくれた宝だ。だが同時に、余にとって大事な妻だ。皇后の役目は重責だが、そなたなら——」

碧成の言葉に適当に相槌(あいづち)を打ちながら、思うのはこれまで犠牲にしてきたもの、そして流した血の量だった。

（玉瑛……待っていろ。あと少しだ）

すべてを奪い、すべてを変える。

（お前の運命を、変える――）

「――お待ちください！　その邪悪な者を、皇后にしてはなりませぬ！」

突然、大声が響き渡った。

駆け込んできたのは独護堅だった。再びの闖入者に、碧成は怒りを露にする。

「――なんということだ！　厳粛な儀式を何だと思っている！」

「陛下、独賢妃が……独賢妃が！」

真っ青な顔で階下に膝をつく。

「独賢妃が先ほど……流産なさいました！」

その言葉に、雪媛は愕然とした。碧成もまた驚愕して喘ぐ。

「何だと……？」

「陛下、御子は殺されたのです……そこにいる、柳雪媛に！」

独護堅が泣きながら雪媛を指さした。

皆、どよめきの中、皇后となったばかりの女を見上げた。

「私の子……！　私の子が……！」

寝台の上は血にまみれていた。芙蓉は横たわったまま、くるったように泣き叫んでいる。金切り声を上げる芙蓉に、侍女はおろおろとするばかりだった。

「いやぁっ、私の子が……！　あぁぁあ！」

悲鳴のような叫びが外まで響き渡り、それを耳にした宮女たちは皆顔を見合わせ青ざめた。

「貴妃よ、貴妃の仕業よ……！」

「賢妃様、お気を確かに！」

「貴妃がやったんだわ……私の子を殺したのよ……！」

珠麗が労るように芙蓉の手を取る。

「落ち着かれませ賢妃様、お体に障ります！」

「あの子を返して！　返して……！」

両手で顔を覆い泣き喚く。

珠麗は侍女に「医者を呼んでくるわ」と言って永楽殿を出た。

「私の坊や……！　私の……！」

遠くなっていくその声を聞きながら、珠麗は人気のない道を歩いていく。

そうして庭園の池までやってくると、懐から小さな包みを取り出した。入っていたのは、紅花の粉だった。

おもむろに池に粉を撒き、水に溶かす。

赤い濁りが目につかなくなるのを確認すると、水面に自分の顔が映っているのに気がついた。

流産した芙蓉の姿は痛ましかった。

流れた子は気の毒だ。心からそう思う。

それでも、自分は不思議なほど平然とした顔をしている、と思った。

【前巻までの登場人物】

玉瑛【ぎょくえい】……奴婢の少女。尹族であるがゆえに迫害され命を落とす。

柳雪媛【りゅうせつえん】……死んだはずの玉瑛の意識が入り込んだ人物。

秋海【しゅうかい】……雪媛の母。

芳明【ほうめい】……雪媛の侍女。かつては都一の芸妓だった美女。

天祐【てんゆう】……芳明の息子。

尚宇【しょうう】……代々柳家に仕える家出身の尹族の青年。雪媛の後押しで官吏となった。

金孟【きんもう】……豪商。雪媛によって皇宮との専売取引権を得た。

瑯【ろう】……山の中で烏や狼たちと暮らしていた青年。雪媛の護衛となる。

柳原許【りゅうげんきょ】……雪媛の父の従兄弟。柳一族の主。

柳弼【りゅうひつ】……雪媛が後宮で寵を得るようになってから成りあがった一族のひとり。

丹子【たんし】……秋海に仕える女。


王青嘉【おうせいか】……武門の家と名高い王家の次男。雪媛の護衛となる。

珠麗【しゅれい】……青嘉の亡き兄の妻。志宝の母。

王志宝【おうしほう】……青嘉の甥。珠麗の息子。

朱江良【しゅこうりょう】……青嘉の従兄弟。皇宮に出仕する文官。

碧成【へきせい】……瑞燕国の皇太子。のちに皇帝に即位。

昌王【しょうおう】……碧成の異母兄で、先帝の長子。歴戦の将。

阿津王【あつおう】……碧成の異母兄で、先帝の次男。知略に秀でる。

環王【かんおう】……碧成の六つ年下の同母弟。

蘇高易【そこうえき】……瑞燕国の中書令で碧成最大の後ろ盾。碧成を皇帝へと押し上げた人物。

独芙蓉【どくふよう】……碧成の側室のひとり。

平隴【へいろう】……碧成と芙蓉の娘。瑞燕国公主。

独護堅【どくごけん】……芙蓉の父。瑞燕国の尚書令。

仁蟬【じんぜん】……独護堅の正妻。魯信の母。

詞陀【しだ】……芙蓉の母で独護堅の第二夫人。もとは独家に雇われた歌妓の一人。

独魯信【どくろしん】……護堅と仁蟬の息子。独家の長男。

独魯格【どくろかく】……護堅と詞陀の息子。独家の次男。

穆潼雲【ぼくどううん】……芙蓉の乳姉弟。もとの歴史では将来将軍となり青嘉を謀殺するはずだった男。

萬夏【ばんか】……潼雲の母親で、芙蓉の乳母。

凜惇【りんとん】……潼雲の妹。

曹婕妤【そうしょうよ】……碧成の側室。芙蓉派の一人。

許美人【きょびじん】……碧成の側室。芙蓉派の一人。

安純霞【あんじゅんか】……碧成の最初の皇后。

安得泉【あんとくせん】……純霞の父。没落した旧名家の当主。

安梅儀【あんばいぎ】……純霞の姉。

葉永祥【ようえいしょう】……若冠十七歳にして史上最年少で科挙に合格した天才。純霞の幼馴染み。

浣絽【かんりょ】……純霞の侍女。

黄楊殷【おうよういん】……もとの歴史で玉璞の所有者だった、胡州を治める貴族。

黄楊慶【おうようけい】……楊殷の息子。眉目秀麗な青年。

黄花凰【おうかおう】……楊殷の娘。楊慶の妹。

黄楊戒【おうようかい】……黄楊殷の父親。

円恵【えんけい】……楊戒の妻。楊殷の母。

黄楊才【おうようさい】……楊戒の弟。息子は楊炎。

洪【こう】将軍……青嘉の父の長年の親友。

周才人【しゅうさいじん】……後宮に入って間もない、年若い妃の一人。

濤花【とうか】……妓楼の妓女。江良の顔馴染み。

玄桃【げんとう】……妓楼の妓女。江良の顔馴染み。

※この作品はフィクションです。実在の人物・団体・事件などにはいっさい関係ありません。

集英社オレンジ文庫をお買い上げいただき、ありがとうございます。
ご意見・ご感想をお待ちしております。

●あて先
〒101-8050　東京都千代田区一ツ橋2-5-10
集英社オレンジ文庫編集部 気付
白洲　梓先生

集英社
オレンジ文庫

威風堂々悪女 4

2020年7月22日　第1刷発行
2021年6月29日　第3刷発行

著者　白洲　梓
発行者　北畠輝幸
発行所　株式会社集英社
〒101-8050東京都千代田区一ツ橋2-5-10
電話【編集部】03-3230-6352
【読者係】03-3230-6080
【販売部】03-3230-6393（書店専用）
印刷所　大日本印刷株式会社

ISBN 978-4-08-680330-4 C0193

集英社オレンジ文庫

白洲 梓

威風堂々悪女

激しい民族迫害の末に瀕死となった少女が目を覚ますと、そこは見知らぬ場所。謀反に失敗し迫害の原因を作った寵妃・雪媛に転生していて!?

威風堂々悪女 2

雪媛が貴妃となって半年。未来を予見し皇帝の病を快癒させる雪媛は神女と称されていた。だが後宮を掌握する寵姫・芙蓉が黙っておらず…。

威風堂々悪女 3

雪媛の信奉者は民衆の間にも増え、脅威たる存在はいないかに思えた。しかし水面下では雪媛が寵を得たことで同族の尹族が増長し始める…。

好評発売中

【電子書籍版も配信中　詳しくはこちら→http://ebooks.shueisha.co.jp/orange/】

集英社オレンジ文庫

松田志乃ぶ

赤ちゃんと教授

乳母猫より愛をこめて

訳あって仕事と住まいをなくした
ベビーシッター・鮎子の新たな仕事は、
生後半年の甥を養子に迎えた大学教授の
偽婚約者として一緒に暮らすこと!?
高額報酬につられて仕事を始めるのだが…?